Wir schreiben Geschichte(n)
Menschen mit Behinderungen öffnen die Tür zu ihrem Leben

Für alle Mitstreiter, Kämpfer und Beschützer

Wechsel Perspektive

Wir schreiben Geschichte(n)
Menschen mit Behinderung öffnen die Tür zu ihrem Leben

Bibliografische Information der Deutschen Nationalbibliothek: Die Deutsche Nationalbibliothek verzeichnet diese Publikation in der Deutschen Nationalbibliografie; detaillierte bibliografische Daten sind im Internet über www.dnb.de abrufbar.
© 2014 Stina Kreft

„Herstellung und Verlag: BoD – Books on Demand, Norderstedt".

ISBN 9 783735 776013

Inhaltsverzeichnis

Teil 1 (Geschichten über die gelacht werden soll und darf) S. 13

Am Meer

Der Dschungelschatz

Der Zirkus auf der grünen Wiese

Die Schifffahrt

Traumreise - Abschalten

Der Papagei - der letzte Versuch

Die Pferderennbahn "Schnellstart"

Im Tierpark ist immer was los

Der Weg zum Strand

Ein Spaziergang im Wald

Die Kofferversteigerung

Der Garten

Auf dem Flohmarkt

Ruhm und Wahnsinn

Teil 2 (Gedankenanregungen aus dem Bereich der Pädagogik; Arbeitsideen für Betreuende) **S. 43**

Teil 3 (Die Tür geht auf) **S. 69**

Der verlorene Wecker

Das Gefühl eines Freundes

Das Wiedersehen

Die Katze

Danksagung S. 73

Quellenangaben S. 75

Wechsel Perspektive vereint fünf Teammitglieder. Das sind:

Stina Kreft

Ich bin Stina Kreft, wurde am 09.05.1987 geboren und bin seit 2010 in dem wundervollen Beruf der Erzieherin tätig. Seit 2012 darf ich mich auch Psychologische Beraterin nennen. Ich bin beidseitig kurzsichtig und leide an einem unverbesserlichen Optimismus und der Pädagogenkrankheit "Kann- nicht-alt-genug-werden-um-aufzuhören-die-Welt-retten-zu-wollen".

Birgitt H.

Ich heiße Birgitt mit zwei t und habe seit 1983 Multiple Sklerose (MS). In meinem ersten Leben war ich Erzieherin und habe fünfeinhalb Jahre mit geistig behinderten Menschen gearbeitet. Danach war ich Sozialpädagogin, 21 Jahre lang in der Bewährungshilfe tätig, bin 58 Jahre alt und am 14.01.1955 geboren. Ich habe Spastiken auf der linken Körperseite. Aber ich kann mit Hilfe eines Rollators noch laufen. Unter der Krankheit leide ich so, dass ich Depressionen habe.

Birgit S.

Ich heiße und bin Birgit. Ich habe auch die Nervenkrankheit Multiple Sklerose. Sie hat viele Facetten. Vor vielen Jahren habe ich mich zur Verfügung gestellt, um Medizinstudenten von meiner Krankheit zu berichten. Damals war sie noch sehr unbekannt. Bei mir sind vor allem die Beine betroffen. Ich kann sie spüren und bewegen aber nicht gezielt einsetzen. Das fällt vielen Menschen schwer zu verstehen. Das Unverständnis verletzt mich.

Andreas L.

Ich bin Andreas, 54 Jahre alt und leide an Epilepsie. Ich mache manchmal Dinge, von denen ich selber gar nicht weiß. Manchmal verstehen die Menschen mich nicht, weil man mir die Krankheit nicht unbedingt ansieht. Es ist eher eine Kopfkrankheit. Ich hab mal Maler gelernt. Es hat mich schwer getroffen, dass ich das aufgeben musste. Jetzt mache ich gerne Modellbau.

Uwe S.

Ich heiße Uwe, bin 57 Jahre alt und mache nach einem Autounfall das Beste aus meinem Leben. Ich bin linksseitig inkomplett querschnittsgelähmt und mein linkes Auge ist blind. Trotzdem habe ich eine sehr positive Wirkung auf Frauen. Das kommentiere ich natürlich stets mit einem schelmischen Lächeln.

Liebe Freundin, lieber Freund!

Ich wünsche Dir, dass Du die Kraft findest das Beste aus Deinem Leben zu machen und Verständnis herrscht. (Uwe)
Ich wünsche Euch, liebe Betreuenden, dass Ihr die Kraft erhalten könnt, uns zu betreuen. (Andy)
Ich wünsche Dir Zuversicht und Hoffnung. (Birgitt)
Ich wünsche Dir den Mut, die Hoffnung nicht aufzugeben. (Birgit)
Ich wünsche Dir, dass die Menschen die Dich umgeben, Dich in Deiner Einzigartigkeit und Schönheit wahrnehmen und Dich mit dem Herzen sehen. (Stina)

Vorwort

Sehr geehrte Leserin und sehr geehrter Leser,

vielen Dank für den Kauf dieses Buches oder das Annehmen des wunderbaren Geschenkes.
Damit erleben Sie eine Sammlung kleiner Geschichten, die nicht entstanden, weil mehrere Menschen versucht haben sich mit ihren literarischen Begabungen und umfangreicher Wortpoesie zu übertrumpfen, sondern weil mehrere Menschen an einen Tisch gekommen sind und mit Neugierde erwartet haben, was sich hinter meinem Projekt "Wir schreiben Geschichte(n)", im Pflegeheim "Haus Seeblick" Mölln GmbH verbirgt. Schnell stellten diese Menschen fest, dass sich dahinter verbirgt, was sie daraus machen.
Unsere Projektgruppe bestand über zwei Jahre und das Ergebnis unserer Bemühungen, unseres Kopfzerbrechens, unseres "Gegen-die-Wand-starren-und-dort-eine-Idee-Suchens", vor allem aber das Ergebnis unserer Freude und unserer Teamarbeit haben Sie gerade vor sich oder hören Sie in diesem Augenblick.
Unsere Geschichten sind wahr. So wahr, wie Wahrheit ist, die Spielraum bekommt und doch für jeden anders ist. Ein "Geht – nicht" verstehen wir nicht. Und ein "Das macht doch keinen Sinn" missverstehen wir grundsätzlich als "Das ist mutig, weiter so!".
Unsere Geschichten stammen von einem Team, das sich unter dem Pseudonym Wechsel Perspektive vereint. Es ist

die Beschreibung für die Wege die wir gegangen sind, gehen werden, begleiten und ein Aufruf für all jene, die ihn so verstehen. Unser Team setzt sich aus einer Erzieherin und Psychologischen Beraterin, zwei Bewohnerinnen und zwei Bewohnern zusammen, die im Pflegeheim "Haus Seeblick" einen gemeinsamen Treffpunkt hatten.

Hier leben auch von der Gesellschaft oft vergessene Menschen. Es sind Menschen, die sich im Wachkoma befinden, an seltenen Erkrankungen leiden oder die keine Familie haben, die für sie da sein kann. Wir arbeiten und leben jeden Tag mit ihnen und sehen jeden Einzelnen in seiner Schönheit, Einzigartigkeit und unantastbaren Würde.

Wir als Team haben deshalb beschlossen unsere Geschichten, bei deren Entstehung diese Menschen oft Zeuge waren und dies mit einer hohen Aufmerksamkeit verfolgt haben, öffentlich zu machen. Dieses Buch wurde für all jene Menschen geschrieben, die Freude an Fantasie haben, Geschichten in Gemeinschaft erleben möchten und für solche, die diesen einzigartigen Menschen zur Seite stehen. Denn auch sie sind ganz besondere Menschen. Für die Betreuenden und Pflegenden gibt es einige Ideen, wie aus diesem Buch auch Material für eine Therapieeinheit oder eine schöne gemeinsame Zeit werden kann.

Unsere Geschichten erzählen aus unserem Alltag, aber auch von unseren Wünschen und aus unseren Fantasiewelten. Sie sind lustig, traurig, anregend, beruhigend und vor allem echt. Manche Geschichten fühlen sich an wie ein Weg über einen holprigen Acker, einige wie ein Geheimnis,

andere vielleicht eher wie ein Sommertag und wieder andere wie "Uups, Teile vergessen". Doch so wie sie sind, so sollen sie sein. Eine Geschichte geschrieben aus einer Situation heraus, mal quälend langsam, mal verwirrend schnell. Doch immer mit dem Ziel, dass irgendjemand irgendwann dieses Buch hört oder liest.
Ziel erreicht!

Stina Kreft

Ratzeburg, September 2014

Am Meer

Eine Familie macht auf der Nordseeinsel Amrum Urlaub. Sie besteht aus Vater, Mutter, einer Tochter und einem Sohn. Sie gehen zum Strand, dessen Sand voll ist von Muscheln und Algen. Das Mädchen möchte gerne welche sammeln – große und kleine. Und der Junge lässt Steine übers Wasser fletschen. Die Eltern gehen solange ins mittelwarme Wasser und baden. Auf dem Wasser sind weiße Segelschiffe zu sehen. Und andere sind zu sehen, die ein rotes, ein blaues und sogar ein kariertes Segel gehisst haben. Und ein Segel ist total bunt. Einige Urlauber stehen am Strand und winken den Schiffen zu. Leuchtende Bojen treiben auf der Wasseroberfläche.

Die Mutter schwimmt hinaus zur Boje. Tief unter der Wasseroberfläche aber streift etwas ihr Bein und sie bekommt plötzlich Angst. Sie reißt die Arme hoch und schreit laut "Hilfe!". Die Menschen am Strand hören die Hilferufe und schwimmen zu dem Boot mit dem roten Segel. Ein junger Mann rudert sofort los zu der um Hilfe schreienden Frau, nachdem er mit den anderen ins Boot gesprungen ist. Noch weiß niemand was passiert ist. Irgendetwas hatte die Frau gebissen. Um die Füße wickeln sich Beine. Oder hat sie nur das Gefühl, es sind Beine? Zusätzlich muss die Mutter noch aufpassen, dass sie nicht hinter die Boje kommt, denn da beginnt die offene See. Dann wird es richtig gefährlich. Der junge Mann in dem Boot setzt schon mal seine Taucherbrille auf. Bei der Frau angekommen, versucht er ins

Wasser zu schauen. Doch er kann nichts sehen, es ist zu düster. Die Frau schreit noch immer weiter. Sie hat unheimliche Angst vor dem Ding an ihren Füßen. Der junge Mann sucht nach einer Idee, die die Lösung bringt. Er muss aufpassen, dass es nicht zu gefährlich wird. Denn wenn er taucht, weiß er nicht, was da unten ist und ihm begegnet. Er überlegt und auch die anderen im Boot fragen sich, was da im Wasser ist.

Und plötzlich ruft eine Frau: "Ich weiß was es sein könnte – Unterwasserlianen!". Doch wie könnte man sie von den Beinen der Frau lösen? Einer der Bootsleute zückt sein Messer, das für Notfälle immer an Bord ist und überreicht es dem Mann. Dieser springt ins Wasser und versucht die Lianen zu zerschneiden. Er taucht prustend wieder auf und merkt, dass es in Wahrheit keine Lianen sind. Aber was ist es dann? Denn es schien sich selbstständig zu bewegen und sich zu wehren. Es zerrt die Frau unter Wasser.

Die Kinder sehen das vom Strand aus und fangen an zu schreien. Die haben ja Angst. Der Vater stürzt ins Meer und schwimmt in Turbogeschwindigkeit zur Boje. Er ist Rettungstaucher von Beruf. Die Leute in dem Boot packt die Wut auf das Monster oder was immer es ist.

Zum Glück kann die Frau zwischendurch dreimal auftauchen und atmen. Dann ist ihr Mann auch schon bei ihr. Gemeinsam mit dem jungen Mann nimmt er das vorbereitete Seil und befestigt es an den Hüften der Frau, sodass sie das Ende des Seils vom Boot aus ziehen können.

Das Monster ist eine Krake, die weiter festhält. Nun fängt es auch noch an zu regnen. Mit aller Macht ziehen sie die Frau mitsamt der Krake an Bord. Das Teil ist riesig und die Arme schleudern durch die Gegend und zerlegen die Schiffseinrichtung. Schnell lösen die Leute das Seil von der Frau und schlingen es um die Krake. Und das Vieh wird endgültig erlegt. Anschließend wird am Strand ein großes Lagerfeuer entfacht, die Riesenkrake gegrillt und zur Feier der geglückten Rettung von allen gemeinsam vertilgt.
Die Kinder toben überglücklich, in ausreichendem Sicherheitsabstand, um das Feuer.

Der Dschungelschatz

An einem stürmischen Tag in einer kleinen Provinz Indiens wollte Carlo einen ganz besonderen Spaziergang machen. Er ist ein junger Mann mit dunkel glänzendem Haar, das ihm in Locken um das schöne Gesicht spielt. Etwas kleiner als europäische Männer macht er mit seiner schlanken Figur einen sehr guten Eindruck.
Carlo pfeift leise vor sich hin und macht sich damit selber Mut. Ihm war das alles nicht ganz geheuer, denn er wusste nicht wo er hingehen sollte, da er die Gegend nicht sehr gut kannte. Und der dichte Dschungel, der schon direkt hinter seinem Dorf beginnt, ist gefährlich und verschluckt ihn, kaum dass er sich ihm nähert. Dort gibt es Tiere und man

kann nie wissen, was einem dort begegnet.
Im Dickicht streift eine Liane seinen Kopf. Er kann nicht richtig gucken, weil es im Dschungel dunkel ist. Er sieht das Tageslicht nicht. Plötzlich hört Carlo einen Schrei. Was für Tiere krauchen da rum? Äffchen? Ja, aber die sind ungefährlich, allerdings neugierig. Carlo hatte einem kleinen Äffchen versehentlich eine Liane weggestoßen, die das Äffchen sich zum Weiterspringen ausgesucht hatte. Er läuft weiter und versucht tief in den Dschungel vorzudringen. Die Dunkelheit nimmt zu und merkwürdige, unheimliche Geräusche sind überall. Was sind das für Geräusche? Es sind die Tiere, die durch den Dschungel streifen, wie Schlangen, die durch das Laub rascheln, Käfer, die durch das Unterholz krabbeln und Schmetterlinge, die durch das verbleibende Sonnenlicht schweben. Das sieht zauberhaft aus.
Leise schleichend plätschern auch Krokodile in den Flüssen durch das Wasser und warten geduldig auf Beute. Carlo sucht sich eine Höhle zum Übernachten. Als er eine gefunden hat, legt er sich schlafen. Doch ein Geräusch reißt ihn aus dem Schlaf. Ein Tiger brüllt vor dem Höhleneingang. Carlo kommt nicht mehr raus und muss den Tiger wegscheuchen. Er versucht ein Feuer zu entfachen. Das ist aber nicht so leicht im feuchten Dschungel. Schließlich schafft er es mit Feuersteinen auf trockenem Laub. Der Tiger hat Angst vor dem Feuer und verschwindet in der Schwärze der Nacht im Unterholz. Doch warum sitzt er überhaupt in einer Höhle mitten im Dschungel?

Nun er war neugierig. Und er hatte sich an diesem Ort auch mit einem Freund verabredet um nach Edelsteinen zu suchen. Plötzlich ruft jemand seinen Namen. Mit einem leisen "Hallo!" tritt sein Freund an seine Seite. Gemeinsam wollen sie die Suche nach wertvollen Schätzen und Diamanten beginnen, denn sie hatten gehört, dass es in diesem Dschungel welche geben sollte. Die gutaussehenden Männer lassen ihren Blick schweifen, um einen Platz zu finden, der für sie in Frage kommt und schwer zu sehen ist. Denn sonst hätten andere ihn schon gefunden. Plötzlich fallen ihre Augen auf einen Platz und beide sagen gleichzeitig: "Hier!". Sie graben sehr tief und lange. Tief aus dem Lochinneren glitzert etwas. Sie greifen mit ihren Händen hinein und ziehen vorsichtig etwas heraus. Bei näherem Hinsehen sind es kleine Perlen, aber sie glitzern. Sind das Diamanten? Sie wissen es nicht. Sie kennen es nicht. Beide Freunde sind aber begeistert von dem Glitzern. Doch was ist es nur? Sie legen die Teile vorsichtig auf ein Taschentuch und wickeln sie ein. Dann kehren sie zurück in ihr Dorf und wollen ihren Fund dem Weisen Amir zeigen. Dieser Dorfälteste ist geschockt, weil er so etwas noch nie aus der Nähe gesehen hatte. Er stammelt: "Ich glaube, das sind Diamanten. Ich selbst habe sie noch nie gesehen, aber davon gehört, dass sie irgendwo im Dschungel vergraben worden sein sollen." In der Stadt bekommen die beiden jungen Männer die Bestätigung. Dort verkaufen sie die Steine und erhalten dafür sehr viel Geld. Die Freude im kleinen indischen Dorf ist groß, denn alle sind plötzlich reich und niemand muss je wieder Hunger haben.

Der Zirkus auf der grünen Wiese

An einem schönen sonnigen Morgen kommt der Zirkusdirektor am Zirkus vorbei und sieht wie die Zirkustiere nur herumstehen.
Es sind Elefanten, eine Giraffe, ein Löwe, Strauße und eine freche Schar Affen. Sie sind alle nicht in der Manege. Also überlegt er, wie er die Tiere dort hineinbringen sollte. Natürlich nacheinander, das steht fest.
Er beginnt mit dem stärksten Tier – dem Löwen. Dieser ist der König der Tiere. Der Löwe brüllt sehr laut, um die anderen Tiere zu erschrecken und will damit sagen: "Ich bin der Größte, Stärkste und Beste!" Er schaut schon ganz hungrig, doch zuerst wird gearbeitet. Der Zirkusdirektor Karl Gustav Karlsen nimmt sich ein großes rohes Stück Fleisch und lockt den Löwen damit in die Manege. Die Dompteure empfangen ihn dort. Sie können sehr gut mit ihm umgehen und sind sehr tierlieb. Dann springt der Löwe Leo zuerst durch einen Feuerreifen. Das Publikum klatscht ganz begeistert. Leo brüllt laut vor Spaß und Freude über seinen Erfolg. Doch das Publikum versteht es nicht und wird ganz still vor Schreck. Aber Leo wundert sich, mag die Stille auch gar nicht und wartet erstmal. Er kommt zu dem Schluss, dass das Publikum noch nicht begeistert genug ist. Also überlegt er sich etwas anderes. Ihm kommt die Idee, ein anderes

Tier hinein zu holen – die Giraffe. Die beiden kennen sich schon lange. Plötzlich erscheint auch noch ein Zebra und wiehert lustig. Es möchte mitmachen.
Die Dompteure stehen völlig verwirrt in der Manege, denn ein Zebra hatte der Zirkus bislang eigentlich noch nicht. Die Tiere gehen nicht aufeinander los, weil sie sich auf den langen Zirkusreisen besser kennengelernt haben. Da ihnen meistens langweilig ist, kann nicht einer den anderen fressen.

Die drei Tiere stellen sich nun auf und zeigen ein paar Zaubertricks. Sie wechseln die Farbe. Leo der Löwe leuchtet plötzlich grün, die Giraffe Georg wird perlmuttweiß und das Zebra Zita wird rot und blau gestreift. Das Publikum kommt aus dem Staunen nicht mehr raus. Ein Zuschauer wundert sich und meint: "Blau ist doch keine Farbe, sondern ein Zustand!". Nach einer Pause der Erholung bricht das begeisterte Publikum in tosenden Applaus aus.
Von dem Geschrei werden die neugierigen Elefanten angelockt und strecken ihre Rüssel in die Manege bis der Kopf folgt. Auch die Strauße stolzieren nun herein. Ihr schwarzes Gefieder glitzert wie tausend Tautropfen an einem Frühlingsmorgen.

Draußen vor dem Zelt freut sich der Zirkusdirektor Karl Gustav Karlsen über die bunten Tiere, die nun doch alleine in die Manege gelaufen sind. Nur die Affen sind noch draußen, weil sie im Grunde ziemlich eingebildet sind. Sie tragen Hüte und Blumen auf dem Kopf. Zuletzt kommen sie nun auch nach, weil sie die Menschen begeistern wollen. Sie tanzen wild durch die Manege und den Zuschauerraum.

Plötzlich nimmt ein Äffchen sein Blümchen ab und schenkt es mit einer tiefen Verbeugung dem glücklichen Direktor. Nun rastet das Publikum vor Freude gänzlich aus. Die Menschen beginnen Münzen und Scheine in die Manege zu werfen. Sofort fangen die Affen an, das Geld in einem riesigen Zylinder zu verstauen und übergeben es voller Stolz dem Direktor.

Am Ende dieser unvergesslichen Vorstellung gehen die Zuschauer überglücklich nach Hause. Und der Direktor kauft von dem Geld das Lieblingsfutter für jedes Tier. Vom Rest fliegen sie in einen wunderbaren Urlaub.

Die Schifffahrt

Der Kapitän Nils Petersson macht eine Schifffahrt auf einem Containerschiff mit Ziel auf Südamerika. Eigentlich ist Nils Petersson Kapitän eines Fisch – Trawlers, aber nun begleitet er seinen Freund Tom Sailor auf dessen Schiff "Memory" auf der langen Überfahrt.
Anfang September vor den Herbststürmen soll die "Memory" in See stechen. In den Containern wurden Spielsachen, elektronische Geräte, Medikamente, Neuwagen und Ausrüstung für den Metallbau wie Drehmaschinen verladen. Der Befehl ertönt: "Leinen los!" Das dumpfe Brummen der Dieselmotoren kriecht durch den Hafen. Per Funk werden

die Lotsen angerufen. Die stehen da extra und warten auf die großen Schiffe, um sie aus dem Hafen zu begleiten. Doch nichts passiert. Verwundert fragt Nils sich: "Kommen die Lotsen nicht an Bord?" Doch nun kommt ein kleines Schiff in Sicht, in dem sich die Lotsen befinden. Und kurze Zeit später sind sie an Bord und navigieren die "Memory" aus dem Hafenbecken hinaus.

Auf hoher See tritt plötzlich ein Sturm auf. Die Mannschaft läuft umher und schaut nochmals nach, ob die Ladung richtig gesichert und gestapelt ist. Dann beobachten sie was passiert. Die Mannschaft bemerkt, dass einige Container durcheinander geraten. Man kann sehr schlecht durchkommen. Der Elektriker schaut nach, was noch zu verwerten ist. Und was muss er feststellen? Das kann nur ein Elektriker wissen!

Von den 40 heruntergerutschten und verschobenen Containern sind schon etwa 20 aufgebrochen und der Inhalt verteilt sich über Bord. Für die Bestandsaufnahme des Chaos werden eine kleine Schreibwand geholt und Notizen gemacht.

Der Kapitän Nils Petersson ist erstmal froh, dass alle Mannschaftsmitglieder gesund sind. Dann beginnt die Mannschaft den Kapitän Tom Sailor zu suchen.

Doch rätselhafterweise kann er nicht gefunden werden. Ratlosigkeit macht sich breit. Die Matrosen suchen zwischen der Ladung, in den Mannschaftsquartieren und sogar zwischen den Schiffswänden unter Deck. Denn dort hatte sich schon mal ein blinder Passagier versteckt.

Normalerweise ist der Kapitän auf der Brücke und verlässt sie nicht. Doch warum ist er nicht dort? Der erste Offizier übernimmt erstmal das Kommando und ruft die Mannschaft zusammen. Der Freund des Kapitäns, Nils Petersson erklärt sich bereit, die Ermittlungen über die Ursache des Containerdurcheinanders und den Verbleib des Kapitäns Tom Sailor zu beginnen.

    Es wird überlegt, ob er bei dem heftigen Sturm über Bord gegangen ist. Doch viele Matrosen halten das für unmöglich. Der Kapitän kennt sich schließlich aus.
Die Ladung die fehlt, müsste aufgestockt werden. Sie wird nochmals notiert und an den Heimathafen, sowie an den Zielhafen in Südamerika weitergegeben.
Die Mannschaft macht sich große Sorgen. Kann er einen Unfall gehabt haben? Oder ist er eingeklemmt? Die Männer beschließen den Kapitän weiter an Bord zu suchen. Die Kajüten, die Ladung, die Gänge, alles wird erneut durchsucht. Aber die Suche bleibt leider ergebnislos. So ein Mist!
Die See wird abgesucht und die Küstenwache informiert, denn der Kapitän kann nicht mehr an Bord sein. Glücklicherweise beruhigt sich die See auch wieder, sodass die Aussicht besser wird und die Küstenwache gute Chancen hat, ihn zu finden.

    Einige Stunden zuvor war noch alles in Ordnung. Tom Sailor war ein perfekter Kapitän, der für alles was an Bord passierte, verantwortlich war. Und an diesem Tag hatte er eine böse Vorahnung, dass irgendetwas nicht stimmte. Er war beunruhigt und wollte deshalb selbst nach den Containern schauen. Denn wenn diese nicht richtig stehen und gesichert sind, könnte das Schiff in Ungleichgewicht geraten. Ein Sturm zog schon auf und dunkle Wolken umlagerten bereits die "Memory". Donnergrollen hallte über dem Schiff. Er machte sich auf den Weg zu den Containern um nachzusehen. Doch nach zehn Jahren auf See, vergaß er heute, dem ersten Offizier Bescheid zu geben. Und obwohl es ihm noch einfiel, wollte er doch möglichst schnell nach dem Rechten sehen. Doch er schaffte es gar nicht bis dorthin.

Er schaffte es nicht bis zur Ladung hinunter, weil ihm eine Kiste auffiel. Merkwürdigerweise stand sie offen. Da waren Aufziehfiguren drin. Der Kapitän, der ein kindliches Gemüt hat, wollte spielen und sie ausprobieren. Er nahm zuerst einen Affen mit Zimbeln heraus. Doch plötzlich fiel ihm wieder ein, wo er eigentlich hinwollte. Er wollte doch an Deck um seiner Verantwortung gerecht zu werden. Unvermittelt tauchte am Horizont ein Schiff auf, das schwarz beflaggt war mit einem Totenkopf der mit gekreuzten Knochen vom Mast wehte. Das bedeutete: Piraten in Sicht! Ärger machte sich breit. Tom Sailor hörte seine Mannschaft, die wohl an Deck war, wo bereits das Chaos wegen der Container herrschte.

Der Kapitän musste zurück zur Brücke und Schiff und Mannschaft in Sicherheit bringen. Da kam ein Beiboot in Sicht. Plötzlich flog ein Pfeil mit Enterhaken nach oben auf das Schiff und verhakte sich an der Reling. Tom Sailor erstarrte vor Angst. Gleich darauf kamen zwei Piraten leise an

Bord. Sie ergriffen den Kapitän und pressen ihm ein Tuch mit Betäubungsmittel auf sein Gesicht. Die Piraten schafften ihn ins Beiboot, um ihn zu entführen. Das Piratenboot entfernte sich schnell von der "Memory".

Der Hubschrauber der Küstenwache taucht inzwischen auf und informiert per Funk die "Memory" darüber, dass sie ein Beiboot mit drei Personen an Bord gesichtet haben. Die Mannschaft wird informiert und äußert den Verdacht, dass der Kapitän vielleicht entführt worden ist. Nils Petersson ist sehr aufgeregt und bangt um das Leben seines Freundes. Er hofft, dass ihm nichts passiert. Allerdings stellt er sich vor, dass die Piraten Lösegeld fordern. Und für einen Toten kann man nichts geben.

Der Hubschrauber überfliegt erneut das Beiboot und die Piloten erkennen den Kapitän an der Mütze und der Uniform. Über die Lautsprecher wird das Boot zum Anhalten aufgefordert. Tatsächlich bremst das Beiboot durch seine Ruder ab. Vom Hubschrauber wird eine Betäubungsgranate herunter geworfen, um dann einen Piloten gesichert die drei Personen an Bord zu holen.

Die Piraten werden im nächsten Hafen der Polizei übergeben und in Haft genommen. Der Kapitän Tom Sailor kommt leicht benommen aber unverletzt zurück an Bord der "Memory". Mannschaft und Nils Petersson sind überglücklich, setzen ihre Fahrt nach Südamerika etwas verspätet fort und warten auf das nächste Abenteuer.

Traumreise – Abschalten

Jonas schaltet gerne ab. Er nimmt sich zwei, drei leere Blätter Papier und lässt seinen Gedanken freien Lauf. Er träumt vom Schwimmen im warmen, blauen Wasser und wenn die kalte Wolke kommt, dann werden all die wunderschönen Gedanken eingefroren. Doch was ist das? Da taucht die Sonne wieder auf und alle Gedanken schwinden für neue schöne Gedanken.

Jonas träumt von lieben Tieren auf der Wiese, von Pferden die frei darüber laufen, von einer kleinen kuscheligen Hasenfamilie, die lustige Spiele spielt und einem Regenbogen, der sich glitzernd vor dem Horizont erhebt.
Jonas sinkt in das weiche Gras und sein Atem wird ruhig. Mit jedem Atemzug riecht er frisches Gras und den Duft der Blumen.
Ein Schmetterling tanzt von Blüte zu Blüte und das Summen der Bienen erscheint wie sanfte Musik. Jonas Körper fühlt sich leicht und frei an.
Plötzlich spürt er ein leichtes Vibrieren im Gras, als ein kleiner neugieriger Hase angehoppelt kommt und mit seinen kleinen Zähnchen an Jonas Zehen knabbert. Jonas spürt ein leichtes Kribbeln. Er schaut den Hasen an und dieser springt ihm auf seinen kugelrunden Bauch.
Der kleine Hase macht es sich gemütlich und Jonas legt sich wieder hin, um die warmen Sonnenstrahlen seine Haut streicheln zu lassen. Er atmet tief ein und aus. Der Schmetterling gesellt sich dazu und genießt die Bewegungen von

Jonas Körper durch sein Ein- und Ausatmen. Es geht auf und ab. Und die Flügel schwingen sanft mit hoch und runter. Jonas ist entspannt.
Zusammen mit dem Regenbogen zaubert die untergehende Sonne ein prächtiges Farbenspiel an den weiten Himmel. Die Sonne verabschiedet sich mit jedem Sonnenstrahl.

Jonas fühlt sich wohl und erwacht langsam. Und wenn er noch einmal die Augen schließt, kann er wieder das Gras riechen und die fröhlichen Farben bewundern.

Der Papagei – der letzte Versuch

Ich habe mir einen Papageien gekauft, weil ich Gesellschaft wollte. Dazu habe ich eine Zoohandlung aufgesucht und ihn natürlich nicht unter der Hand gekauft.
"Ich suche einen sprechenden Papageien", sagte ich zu dem Verkäufer. Dieser verzog das Gesicht. "Das müssen Sie ihm leider erst beibringen", antwortete er. Ich schaute mir alle Vögel kritisch an. Plötzlich fiel mein Blick auf einen besonderen Vogel. Was war nur so besonders an ihm, das mich so sehr interessierte? Es waren seine Farben, seine Größe und seine Art sich zu bewegen. Ich war ganz heiß drauf, ihm was beizubringen.
Der Verkäufer fragte ehrlich entsetzt: "Was dieser Vogel? Der sieht doch aus wie ein gerupftes Huhn!" "Ja dieser", erwiderte ich, "vielleicht ist er gerade in der Mauser?" Aber ich hatte mich für diesen süßen kleinen Vogel ent-

schieden. Außer dem Vogel habe ich noch einen großen Vogelkäfig mitgenommen.

Zu Hause habe ich angefangen mit ihm zu reden. Ich wollte ihm "Arschloch" beibringen. Und mein kleiner Vogel "Oskar" gewöhnte sich schnell an seine neue Umgebung. Doch er sprach kein Wort und reagierte überhaupt nicht. Langsam machte ich mir Sorgen. Wenigstens fliegen müsste er doch! Nachdem ich angefangen hatte zu pfeifen, hörte er aufmerksam zu und wurde zutraulicher.
Doch eines Tages klingelte der Hausmeister an der Tür, ein unfreundlicher Knabe, der kaum die Zähne auseinander kriegt. Er blubberte mich an: "Haustiere sind hier nicht erlaubt!" Da drehte ich mich zu Oskar und fragte ihn: "Was sagst du dazu?" Darauf sagte der Vogel: "Arschloch!"

Die Pferderennbahn "Schnellstart"

Die Pferde stehen in einer Reihe am Start. Es ertönt das Startsignal. Die Pferde setzen sich in Bewegung. Sie sind trainiert und wissen genau, was sie sollen. Nämlich laufen und rennen, damit sie ja Erster werden. "Princess" setzt sich an die Spitze. Sie ist ein weißes Pferd mit langer, gepflegter Mähne, nur ohne Krone. "Tommy", ein schwarzer Hengst ist sehr aufgebracht, denn auch er will Erster werden, befindet sich aber noch im Mittelfeld. Das Schlusslicht bildet der graue "Amigo". Er ist ein kleiner Lahmarsch!

"Princess" nimmt Tempo auf und "Tommy" schließt zu höherer Geschwindigkeit auf. So rasen die Pferde nebeneinander in Richtung Ziel. Doch dann stolpert "Princess" und "Tommy" übernimmt die Führung. Allmählich legt auch "Amigo" ein wenig an Tempo zu und schleicht sich heimlich und unbemerkt an der Seite vorbei. Von wegen Lahmarsch! Er ist ein Turbopferd und braucht nur etwas Anlaufzeit. "Princess" hat sich wieder berappelt und startet erneut durch, da sie zum Glück unverletzt geblieben ist. Auf der Zielgeraden kommt es zum Finale. Wer wird es schaffen? Alle wollen gewinnen und deshalb gibt es etwas Gedränge. Vor lauter Spannung herrscht im Zuschauerraum geistiges Schachmatt. Ein junger Mann mit roten Haaren sitzt in der ersten Reihe. Neben ihm sitzt eine Frau mit einem riesigen Hut. Plötzlich ruft der Mann, der hinter ihr sitzt: "Absetzen, absetzen!" Er kann nichts sehen. Nun schubst er ihr den Hut einfach vom Kopf. Der Hut fliegt auf die Bahn genau zwischen die Pferde. Das gefällt der Frau überhaupt nicht. Sie springt auf und rennt dem Hut hinterher. Er wird aber in dem Moment schon zertrampelt und sieht auch nicht mehr nach Hut aus. Nun konzentrieren sich die Blicke auf die Pferde und alle wollen sehen, wer nun gewinnt. "Princess", "Tommy" und "Amigo" sind an der Spitze und gleich auf. Doch in den letzten Sekunden prescht "Princess" vor und erreicht als Erste die Ziellinie. Der Sieger steht fest. Den zweiten Platz teilen sich "Tommy" und "Amigo". Die Stute "Princess" bekommt einen riesigen Siegerkranz um den

Hals, die Besitzer bekommen jede Menge Geld und sind stolz wie Oskar!

Im Tierpark ist immer was los

Im Tierpark gibt es sehr viele verschiedene Tiere zu sehen, z.B. Schafe, Ziegen, Kraniche, Vögel, Affen, Bären, Lamas, Elefanten, Löwen, Eisbären, Pinguine, Pumas, Pferde mit weißer Tolle auf dem Kopf, Esel, Giraffen, Zebras, Bisons, Erdmännchen, dazwischen Brillenschlangen, Schwäne und zuletzt einen Alligator.
Alle Besucher erfreuen sich an den Tieren. Es ist ruhig und friedlich – bis zur Fütterungszeit. Davor langweilen sich die Affen aber und wollen etwas Action in das Tierparkgeschehen bringen. Sie fangen an, die Besucher mit Bananenschalen zu bewerfen. Danach fliegen Erdnussschalen durch die Gegend. Und die kleinen Äffchen klauen den Besuchern die Mützen von den Köpfen. Nun ist echt was los. Doch diese Art von Action mögen die Menschen nicht und schimpfen mit den Affen. Doch die meisten Tiere verstehen das natürlich nicht.
Einer der Zuschauer ist der Fotograf Tom, der seine Kamera zückt und die Tiere fotografieren möchte. Aber die Schafe und Ziegen wollen nicht fotografiert werden, weil sie ihr Fitnessprogramm noch nicht durchgezogen haben. Der Fotograf Tom sucht sich nach den Schafen und Ziegen ein anderes Motiv. Das Pferd zum Beispiel, mit seiner weißen Tolle sieht aus jedem Winkel super aus.

Dann geht Tom weiter zu den Giraffen. Die haben einen guten Überblick. Sie sehen auch was im Nachbargehege vor sich geht. Das ist so spannend, dass Tom gleich fotografieren muss. Er sieht nämlich Leo den Löwen, wie er sich an einem Zebra festbeißt. Das geht aber nun echt nicht! Wieso teilen sich ausgerechnet die beiden ein Gehege? Soll das so sein?

Die Giraffe beugt ihren langen Hals über die beiden und zwickt in den Po des Löwen. Der erschrickt und lässt sofort von dem Zebra ab. Und das flüchtet in die Freiheit und zurück in das eigene Gehege. Der Löwe ist beleidigt und legt sich in die Sonne, als wäre nichts geschehen.

Tom zieht weiter zum Elefantengehege. Er mag die Dickhäuter, weil sie so kräftig und gemütlich sind. Ein Elefant hebt seinen Rüssel und trompetet laut. Die anderen Tiere sind augenblicklich ruhig, denn das ist ein Zeichen für Gefahr. Doch es ist keine Gefahr in Sicht. Der Elefant will sich wohl nur ein bisschen wichtigmachen. Es ist alles in Ordnung.

Nun schlendert Tom weiter zu den Lamas. Hier muss Tom wirklich aufpassen, denn plötzlich hebt ein Lama den Kopf und spuckt den Fotografen an. Der weiß gar nicht was los ist und verliert auf einmal sein Kameraobjektiv. Nun kann er nicht mehr weiter fotografieren. Er hat ja schon einige Tiere aufgenommen und das reicht ihm jetzt auch. Über die anderen Tiere berichtet er ein anderes Mal.

Nun springt er noch schnell ins Alligatorenbecken um sich zu waschen. Das macht dem alten Reptil jedoch nichts aus, weil es an und für sich sehr freundlich ist. Und Tom findet für den Alligator noch ein Steak in seiner Hosentasche – nur für alle Fälle.

Der Weg zum Strand

Urlaub ist immer schön. Man kann ihn hier verbringen oder ins Ausland fahren. Im Sommer ans Wasser und im Winter in die Berge und den Schnee. Ost- und Nordsee sind recht schön im Sommer. Am Strand kann man Beachvolleyball spielen und im Wasser surfen. Man kann sich auch sehr gut sonnen, bräunen und im Strandkorb sitzen. Das machen wohl die meisten.

So wie es auch eine kleine Gruppe Rollstuhlfahrer gerne tun würde. Sie kommen aber leider nicht mehr so gut vorwärts, denn der Sand ist weich und das geht nicht. Sie bräuchten einen geteerten Anfahrtsweg. So einen haben sie allerdings noch nie gesehen, weil das Wasser dann bei Regen nicht ablaufen könnte und man bei Hitze auch festklebt. Besser wäre ein Weg mit Steinplatten. Das sähe auch gut aus. Die Gruppe überlegte also, wie sie an den Strand kommt. Sie beobachteten die anderen Besucher erstmal von der Terrasse eines kleinen Geschäftes aus. Dabei kamen sie an einem Kiosk vorbei und wollten zuerst etwas Alkoholfreies trinken. Wasser und Saft wären schön. Am liebsten trinkt die Gruppe Apfelschorle. Danach ging es zum Eis essen. Den Abschluss krönte eine schöne Currywurst mit Brötchen. Doch eigentlich wollten sie immer noch zum

Strand. Ihnen kam der Gedanke an Bedienstete, die sie alle mit einer Sänfte zum Strand tragen. Doch leider gab es zu wenig Freiwillige, die mithelfen wollten.

Ihnen kam ein weiterer Gedanke, nämlich einen Flash Mob anzuzetteln. Das ist eine Aktion im Internet, bei der irgendjemand einen Aufruf startet und möglichst viele Menschen erreichen will. Der Aufruf der Gruppe lautete:

"Wir brauchen Hilfe: Wir möchten an den Strand, was sehr schwierig ist. Denn wir sind eine Gruppe Rollstuhlfahrerinnen und – fahrer und brauchen einen Weg über den Sand. Komm zur Strandpromenade, Abschnitt 10C und hilf uns den Weg zu bauen. Bring bitte Handschuhe, eine Schaufel und jemanden mit, der Steinplatten über hat.

Die Rollstuhlgruppe wartete voller Zuversicht auf die Helferinnen und Helfer. Und tatsächlich kamen nach zwei Stunden einige Leute aus der Nähe. Später waren es sogar sehr viele. Ein großer Erfolg für die Rollstuhlgruppe. Denn plötzlich tauchte auch ein kleiner LKW mit den nötigen Steinplatten auf, die der Chef eines Baumarktes gesponsert hatte. Das brachte ihm ordentlich Werbung. Der LKW wurde entladen und die Platten zum Strand transportiert, um den Weg zu richten. Bis zur Abenddämmerung wurde fleißig gebaut. Das Resultat war sehenswert.
Und schließlich konnte die Rollstuhlgruppe endlich auch die Füße ins Wasser hängen lassen. Das war eine Erfrischung an diesem heißen Tag!
Über diesen Flash Mob gab es viele lustige Geschichten, die

so gut waren, dass sich niemand mehr um irgendwelche Genehmigungen scherte.

Ein Spaziergang im Wald

Es war einmal ein strahlender, sonniger Tag als wir beschlossen in den Wald zu gehen. Wir sind eine bunt gewürfelte Gruppe aus Menschen, die gerne Geschichten erzählen und sie dann aufschreiben möchten.
Unser Wald ist sehr groß und ein Mischwald. Dort stehen große Eichen, Tannen, Kiefern, Erlen und Kastanien. Ich wollte noch Gänseblümchen pflücken, die am Rande des Waldes stehen.
Doch plötzlich hörten wir Geräusche. Sie kamen aus dem Inneren des Waldes. Ich erschnupperte einen süßen Duft von Honig. Und dann erschien ein wunderbares Wesen. Es hatte ein langes, weißes Kleid an und lange schwarze Haare, die bis zur Hüfte reichten und war ganz klein. Wir waren sehr erstaunt. Davon hatten wir vorher nur in Märchen gelesen. Das hatten wir noch nie gesehen.
Und während wir dachten, wir würden träumen, versteckte es sich in einem Fuchsbau. Das weiße Kleid wurde dabei etwas schmutzig. Wir warteten, dass es wieder zum Vorschein kam. Plötzlich erschien das Wesen wieder und wir waren sehr erfreut.
Vorsichtig schlichen wir lautlos näher. Das Wesen erinnerte uns an eine Zauberfee oder Elfe. Und wir erschraken zutiefst, als sie uns ansprach. "Könnt ihr mich sehen?", fragte

sie verwundert. Wir antworteten mit "Ja". "Nur gute Menschen können mich sehen", sagte sie fröhlich. Wir fühlten uns geschmeichelt, während wir immer noch erstaunt mit den Köpfen nickten.
"Woher kommst du?", fragte ich. "Ich wohne im Wald. ", antwortete sie. "Hast du schon mal Menschen gesehen?", fragte ich weiter. "Nein, ihr seid die ersten. Aber ich habe schon von euch gehört.", erklärte sie uns. Wir waren echt sprachlos. Aber insgeheim dachte ich schon, ob wir nun drei Wünsche offen haben. Da verschwand die Fee. Verwundert fragte ich: "Wo ist sie denn nun?" Und meine Freunde sagten: "Da ist sie doch!"
Und da dämmerte es mir. Ich hatte übertrieben. Ich sah zum ersten Mal ein Zauberwesen und forderte gleich drei Wünsche ein. Eigentlich bin ich ein guter Mensch. Ein sehr guter Mensch.
Anscheinend war das ein bisschen unbescheiden, denn ich sah sie immer noch nicht. Doch meine Freunde stimmten mir zu und bestätigten das vor dem Zauberwesen.
Schließlich tauchte sie auch für mich wieder auf. "Tataa! Ich bin wieder da!" rief sie. "Ich kann euch gerne einen Wunsch erfüllen".
Wir alle wünschten uns Gesundheit. Und tatsächlich bekamen wir unseren Wunsch erfüllt.
   In unseren Träumen.
   Denn als wir wieder zu Hause waren, wurde uns bewusst, dass jeder von uns das Beste aus seinem Zustand

machen muss. Wir tolerieren auch wenig. Denn auch wenig Gesundheit ist viel und unbezahlbar.

Die Kofferversteigerung

Ich sitze mit ungefähr 600 Leuten in einer Halle des Hamburger Flughafens bei einer Kofferversteigerung. Die Koffer sind prall gefüllt, aber geschlossen. Der erste Koffer wird versteigert. Es ist ein blauer Lederkoffer und das Mindestgebot liegt bei 20€. Aufregung wird spürbar, jeder will der Erste sein, die Preise steigen. Der Höchstbietende erhält den Zuschlag und den Koffer für 60€. Der nächste Koffer ist dran. Ich biete mit. Ein blauer Schalenkoffer mit Rollen wird präsentiert. Das Mindestgebot liegt bei 15€. Hinter mir macht sich jemand bemerkbar und bietet auch mit und auch ganz viele andere Leute. Ich werde ärgerlich, weil die Preisentwicklung total durcheinander geht. Es wird immer teurer. Bei 75€ habe ich es endlich geschafft. Ich bin jetzt schon gespannt, was im Koffer ist.
Die Versteigerung läuft weiter. Ein alter Arztkoffer wird nun angeboten. Und alle Bietertafeln gehen hoch. Der Auktionator ist etwas überfordert, weil er nicht mal das Mindestgebot genannt hatte. Das aktuelle Gebot liegt aber bei 60€. Schnell geht es weiter hoch zu 100€. Das ist mir leider zu hoch, denn ich wollte ja eigentlich ein Schnäppchen machen. Schließlich wird der Arztkoffer an einen Herren in Anzug für 150€ versteigert. Nun will ich auch noch einen Koffer!

Ich entscheide mich für eine blau-grün gestreifte Sporttasche aus Nylon. Das Mindestgebot beläuft sich auf 10€ und steigt rasch. Noch drei Leute bieten mit mir. Eine Hausfrau ist dabei, ein junger Mann im Jogginganzug und eine Köchin, die wohl gerade ihre Mittagspause nutzt. Danach sollte sie sich aber umziehen. Das aktuelle Gebot liegt bei 25€ und die Köchin steigt aus. Doch dann wird die Hausfrau durch ihre Sitznachbarin abgelenkt, die sie urplötzlich in ein Gespräch verwickelt. Doch der junge Mann will die Tasche unbedingt haben. Und ich möchte sie auch gerne. Mein Geld wird immer weniger. Der soll aufhören zu bieten, der Idiot! Und tatsächlich, wenn jetzt kein weiteres Gebot von ihm kommt, bekomme ich den Zuschlag. Sekunden vergehen. Ich fange an, vor Aufregung zu schwitzen. Und dann gehört die Tasche – mir.
Endlich kann ich hineinschauen. In der Sporttasche finde ich zutiefst verwundert echtes Einbrecherwerkzeug und schmutzige, verschwitzte Wäsche. Wer verschickt denn sowas? Doch dann finde ich ganz unten Bargeld. 400€ lachen mich an. Ich nehme die Sporttasche glücklich mit. Und in dem Schalenkoffer finde ich neue Wanderstiefel in meiner Größe. Was für ein Glück! Und fünf Stangen Zigaretten. Damit kommt man normalerweise nicht durch den Zoll. Ganz geschäftstüchtig verkaufe ich zwei gleich an meinen Sitznachbarn und drei an den Auktionator. Den Kleinkram schau ich mir in Ruhe zu Hause an. Das war ein erfolgreicher Tag!

Der Garten

Es war einmal ein gruseliger Garten mit schauriger Atmosphäre. Das Unkraut überwucherte weite Flächen und das Unterholz verfaulte allmählich. Es fehlten die frische Luft, die bezaubernden Sonnenstrahlen und eine Hand, die Ordnung in das Gewühle brachte. Hast Du vielleicht Lust dazu? Wie könntest Du mit der Gartenarbeit beginnen? Wir sehen ja schon von weitem das verfaulte Holz. Das muss raus. Wir holen uns am besten eine Schubkarre und legen das faule Holz dort hinein. Wir ziehen uns natürlich zum Schutz Arbeitshandschuhe an und werfen es dann schwungvoll in den Abfallcontainer, den wir dafür bestellt haben. Aber natürlich ist der Garten noch immer total verfilzt. Deswegen beginnen wir mit dem Unkrautzupfen. Doch wir stellen schnell fest: Das Unkrautvernichten auf diese Art ist viel zu anstrengend und unsere Knie und Beine machen das auch nicht mit. Also brauchen wir eine Harke. Wir gehen zum nächsten Nachbarn und fragen, ob er sie uns leihen würde. Er bekäme sie auch gleich zurück. Er ist einverstanden und gibt sie uns bereitwillig. Wahrscheinlich hatte er sich ohnehin gefragt, wann wir endlich mit dem Garten anfangen.

Nun versuchen wir die Erde zu lockern und können dann ganz leicht das Unkraut zusammenharken, um es dann in den Container zu schmeißen. Wir haben schon sehr viel aus dem Garten entfernt. Jetzt erkennen wir den Garten wieder.

Nun sehen wir aber auch, dass wir einen Zaun brauchen. Denn der alte ist fast komplett verrottet. Fragen wir den Tischler von gegenüber, ob wir ein paar Bretter für den Zaun bekommen können. Und der freundliche Herr ist natürlich bereit uns ganz viele schöne Sachen für unseren wunderbaren Zaun zu geben, um ihn zu recht zu werkeln. Wir ziehen den Zaun um unseren Garten herum und setzen auch eine Tür noch ein. Jetzt ist es an der Zeit ein paar Beete zu planen. Was stellst Du Dir gerade vor? Bist Du eher romantisch oder praktisch veranlagt? Wir suchen mal einen Gärtner auf und kaufen bei ihm neue Rosenstöcke. Zusätzlich kaufen wir noch Bartnelken, Stiefmütterchen, Tulpen, Vergissmeinnicht, Bellis und Mohn. Und um uns vor der heißen Sommerhitze zu schützen, nehmen wir ein paar kleine Obstbäume mit dazu und hoffen auf gute Ernte. Und falls Du jetzt Lust hast unseren Garten zu sehen, dann schließe die Augen und stelle ihn Dir vor in seiner Pracht und Gemütlichkeit.

Auf dem Flohmarkt

Ich stöbere gern auf dem Flohmarkt und halte immer wieder an den Ständen an, um zu schauen. Ich suche nach alten Gläsern, weil ich sie schön finde. Ich liebe die alte Form und die Ornamente. Whiskeygläser, Cognacgläser und Weinschorlen befinden sich schon in meinem Besitz. Nun suche ich noch weitere Weingläser oder -schorlen. Bei der Suche stoße ich unter anderem auf unterschiedliche Bü-

cher, Schallplatten, Bilder, Getränkewagen, Flugzeuge zum Selberbauen und andere Modelle. Auch an Kinderbekleidung und Spielzeug komme ich vorbei. Früher habe ich Pixi – Bücher und Stickeralben gesammelt.
Während des Suchens auf einem Wühltisch, stoße ich versehentlich gegen eine aufgestellte Schaufensterpuppe, die verkauft werden soll. Sie gerät ins Wanken und kippt mit dem Kopf voran in eine lange Pfütze. Das dreckige Wasser spritzt mir an die Hose. Ich beuge mich hinunter und will die Puppe gerade aufheben, als ich bemerke, dass sie immer tiefer versinkt. "Das kann doch nicht sein!", denk ich mir. Die Leute um mich herum schauen schon. Ich versuche abzulenken, denn mir ist das peinlich und frage in die Runde: "Wer war denn hier so ungeschickt?" Neben mir steht ein kleines Kind. Ich sage: "Das war es bestimmt. Aber so einem Kleinen kann man`s ja nicht übel nehmen." Nun protestiert auch die Verkäuferin: "Heben Sie sie doch einfach auf!" Ich versuche es erneut, ohne Erfolg. Bei jedem Berühren sinkt die Puppe tiefer. Ich bin schon auf den Knien. Dann ist die Puppe weg. Auch andere bemerken diese ungewöhnlichen Ereignisse. Eine junge, knackige Frau kommt an meine Seite. Ich suche weiter und bitte die Frau mir zu helfen. Wir kommen beide nicht heran. Aus lauter Verzweiflung entscheide ich mich zu tauchen.

    Ich tauche immer weiter und plötzlich komme ich auf einer Wiese heraus. Da liegt auch die Schaufensterpuppe. Verwirrung macht sich bei mir breit. Ich trockne ganz schnell mit der Puppe in der Sonne, fühle mich wohl, aber trotzdem wird mir kalt. Denn das Wasser in der Pfütze war schließlich nicht beheizt. Deshalb laufe ich erstmal über die Wiese. Ich suche nach einem Ausgang, weil ich nach Hause will. Doch die schön duftende Sommerwiese hält mich davon ab. Aber ich muss weiter und weg. Ich laufe zu dem nahegelegenen Wald und da ist eine Treppe, die nach oben führt. Ich habe etwas Angst und frage mich, ob ich an derselben Stelle wieder an die Oberfläche zurückfinde, an der ich hinabgetaucht bin. Ich laufe dennoch hinauf und höre schon das Rufen der Bieter und Händler des Flohmarktes. Plötzlich taucht auch der Flohmarkt selbst wieder auf. Keiner der Leute scheint sich an mich zu erinnern. Die Puppe jedoch ist dageblieben. Dann bemerke ich eine Tasche um meine Hand, die ich vorher noch nicht hatte. Als ich sie öffne, sehe ich die schönsten Gläser in allen Farben glitzern. Die Sommerwiese ist in meinem Kopf befestigt und auch der Duft. Ich werde nicht so schnell vergessen, was ich erlebt habe und gehe glücklich und zufrieden nach Hause.

Ruhm und Wahnsinn

Wir haben vor kurzem ein Buch veröffentlicht, was uns sehr viel Freude bereitet hat. Nun stellen wir uns die Frage: Was würde wohl passieren, wenn wir dadurch berühmt würden? Würde uns der Erfolg zu Kopf steigen oder würden wir normal bleiben. Das wissen wir nicht.
Wir könnten uns zum Beispiel viel kaufen, wenn wir viel Geld verdienen würden. Wir stellen uns vor, wir rasten aus,

denn wir sind das nicht gewohnt.
Wir machen eine Weltreise auf einem Luxusdampfer. Dort gibt es mehrere Pools, Saunen, Fitnessstudios, Kinos und eine Einkaufsmeile zum Shoppen.
Wir fangen auch an alles zu essen und zu trinken. Es gibt zarten Rehrücken aus dem Biowald, Fasane, die eine Weltmeisterschaft gewonnen haben, trinken dazu guten Portwein, der in Champagnerfässern gelagert wurde und vertilgen Marzipankuchen, der übergossen wurde mit Rum aus der Türkei.
Wir legen uns auch einige Hobbys zu, wie zum Beispiel Squaredance, Cha Cha und Rock´n´Roll, wo wir von attraktiven sexy Schieberinnen und Schiebern, die leicht bekleidet sind, unterstützt und beglückt werden.
Wir reiten auch auf Schlangen, Dromedaren, Kamelen, Tigern und Löwen. Und wir malen große Bilder und Portraits aus flüssigem Metall und verzieren sie mit Perlen, Platin und Gold. Es glitzert und funkelt nur so.
    Wir produzieren auch Zahnspangen mit Diamanten. Wir sind so berühmt, dass wir auch Autogramme geben können. Dazu haben wir Fotos gemacht. Wir verteilen die Bilder mit unserem Autogramm. Dann können wir auch auf der Straße angesprochen werden.
Wir haben auch die verrücktesten Ideen. Unsere ganze Gruppe spielt Lotto auf einem Schein, damit wir noch mehr Geld haben. Wir benutzen die Zahlen der Geburtstage, die sich doppeln.
Und wir haben die Idee, dass wir alle zusammen zum Mond

fliegen wollen. Dazu machen wir uns folgenden Plan: Zuerst belegen wir einen Fitnesskurs, dazu trinken wir teures Wasser aus mexikanischen Quellen mit einem Schuss Koks.
Wir gehen über zu den Überlegungen, was wir alles für den Flug benötigen. Wir brauchen eine Rakete, die sehr viel Platz bietet. Eine Küche, ein Bad, verschiedene Schlafzimmer, ein Gruppenraum, eine Rollstuhlrampe, genügend Sauerstoff und eine Bibliothek für unsere Therapeuten.
Und nun stellen wir fest: Wir heben wahrscheinlich gar nicht erst ab. Denn so eine Turborakete gibt es noch gar nicht.

Also bleiben wir hier. Stattdessen machen wir einen gemeinsamen Urlaub auf Hawaii und genießen das Wasser, den Strand und die hawaiianische Lebensart.
Am Ende unserer Überlegungen kommen wir zu dem Schluss, dass berühmt sein auch anstrengend ist, schreiben lieber weiter Geschichten und – bleiben normal.

Gedankenanregungen aus dem Bereich der Pädagogik
Arbeitsideen für Betreuende

Die Arbeit mit schwerstmehrfachbetroffenen Menschen ist herausfordernd und Betreuende haben oft die Schwierigkeit, trotz der Einschränkungen eine sinnvolle Beschäftigung zu finden. Ich habe manchmal erlebt, dass Angehörige und auch Fachpersonal vor der Frage standen: Was machen wir denn jetzt mit ihr/ihm? Die Fachliteratur zum Thema Wachkoma, Schädel – Hirn – Trauma oder Aktivierung von schwerstmehrfach Betroffenen ist leider noch nicht so umfangreich wie beispielsweise zum Thema Demenz. Oft werden Betreuenden Literatur und Ratschläge an die Hand gegeben, die wenig bis gar nicht hilfreich sind, weil sie an der Klientengruppe völlig vorbei gehen. Eine Sitzgruppe mit einem Ballspiel ist ja schön, aber was wenn der Betroffene allein zu Hause gepflegt wird und auch gar nicht sitzen kann? Nett war auch der Vorschlag, der mir unterbreitet wurde: "Sie sind doch Erzieherin, machen Sie doch Biografiearbeit" Tolle Idee! Aber leider reden meine Schützlinge nicht mit mir, indem sie Worte benutzen. Und denken Sie darüber nach, wie sie ohne Worte und Hände benutzen zu können, etwas mitteilen würden wie: "Ich mag ganz gerne Hunde, wenn sie langes, gepflegtes Fell haben. Ich wollte auch immer einen, aber den Husky konnte ich mir nicht leisten. Trotzdem würde ich gerne an der Tiertherapie teilnehmen." Natürlich kann der aufmerksame Betreuende eine Sympathie für Dinge und Aktivierungen erkennen.

Bei allen Menschen mit Behinderungen geht es aber darum den betroffenen Menschen dort abzuholen wo er steht und dann eine gemeinsame Kommunikation zu finden. Am Anfang gilt vor allem für Wachkomabetroffene: Sensi geht immer. Denn "Der Körper ist das "Körper – Ich", der unteilbar von der Identität erlebt wird." (Nydahl 2011) 1 Mit "Sensi" ist Sensitivität gemeint und schließt Initialberührungen, Basale Stimulation und auch Berührungen aus Zuneigung mit ein. Dabei ist grundsätzlich darauf zu achten, "dass die Berührung großflächig und eindeutig geschieht. Flüchtige Berührungen (...) können unter Umständen Abwehr, Angst und Rückzug auslösen." (Nydahl, 2011) 2

Zur Geschichte **"Am Meer"**
bietet sich eine **"Sensieinheit"** an. Nehmen Sie Materialien, die an Meer und Strand erinnern und bieten Sie diese dem Menschen an, mit dem Sie eine Aktivierung planen. Das können sein:

- Sand (z.B. aus einer Sandkiste, vom Strand, Vogelsand usw.)
- Wasser mit viel Salz (Leitungswasser mit gewöhnlichem Salz hat jeder zu Hause) für die Menschen, die nicht durch eine Trachealkanüle am Riechen gehindert werden. (Grob: Eine Trachealkanüle ist eine Kanüle, die direkt von außen durch den Hals in die Luftröhre gelegt wird,

um dem Patienten das Atmen zu erleichtern und den Atemweg zu verkürzen.)
- Muscheln (aus dem Urlaub)
- Knete, die mit viel Wasser zermatscht wird und dann als glitschige Algen verwendet werden können.

Sie lesen die Geschichte vor und geben die Materialien auf eine Stelle am Körper, von der Sie schon wissen, dass eine Berührung dort toleriert wird. Sie können die Geschichte dafür unterbrechen oder sie zunächst ganz vorlesen und dann ein zweites Mal mit den Materialien. Sand kann zum Beispiel leicht über den Arm gerieben oder in die Hand gegeben werden. Bitte nicht auf den Bauch falls eine PEG vorhanden ist (Infektionsgefahr!) Diese Aktivierung sollte mit der Vorbereitung und Ankündigung der Aktivierung mindestens **zehn bis fünfzehn Minuten** dauern, um dem Zuhörer auch die Möglichkeit zu geben, zu spüren, zu verstehen und sich Bilder dazu vorzustellen.

Falls Sie es an sich selbst ausprobieren möchten, geht das natürlich auch. Probieren Sie aus, ob es Ihnen Spaß macht, sich etwas Sand in eine Schüssel oder ähnliches zu füllen und buddeln, bauen, graben oder kreieren Sie los! Wenn Sie sich jetzt völlig berechtigt fragen, warum Sie das in alles um der Welt tun sollten, ist die Antwort ganz einfach: Jeder Mensch hat Freude am Spiel. "Spiel ist eine freiwillige Handlung oder Beschäftigung, (...) [die] ihr Ziel in sich selbst hat und begleitet wird, von einem Gefühl der Spannung und Freude und einem Bewusstsein des `Andersseins´ als das gewöhnliche Leben." (Huizinga, 1956)[3].

***

Das Zimmer ist kahl. Kein Schmuck, kein Bild, keine Pflanze. Weiße Wände und weiße Decke. So sieht leider immer noch manch ein "Zuhause" für einen Menschen aus, der nicht bei der Familie gepflegt wird. Zwar sind die Zustände in Pflegeheimen von früher nicht mehr mit den heutigen zu vergleichen, aber vereinzelt gibt es doch immer noch sehr unpersönliche Zimmer. Und "Wer in einer Welt leben muss, die nur von anderen dekoriert wird, kann diese Welt nicht als seine Welt akzeptieren. Erst das Erleben einer gewissen Gestaltungsmöglichkeit, d.h. einer eigenen Aktivität, macht diese Welt zur eigenen Welt." (Bienstein, Fröhlich 2003)4. Wenn die eigene Partizipation auch noch mit einem Menschen des Vertrauens gemeinsam erlebt wird, entsteht eine fantasievolle und wunderschöne Aktivierung.

Zu der Geschichte **"Der Dschungelschatz"** bietet sich ein **selbstgestaltetes Bild** an. Malen, Zeichnen oder Kleben Sie gemeinsam ein Dschungelbild. Im Fantasiedschungel ist alles erlaubt und es kommt nicht auf das Können an. Benutzen Sie z.B.
- Wachsmalstifte
- Tusche mit verschiedenen Pinseln
- Stempel

- Papier, das sich gut reißen lässt
- Bunt- oder Filzstifte und
- ein festes Papier in Weiß oder Grün als Grundlage.

Die Malutensilien können in der Hand gehalten werden, im Mund oder mit Hilfe der Füße. Sie können die Stifte u. ä. führen oder auch das Papier. Erfahrungsgemäß macht das allen viel Spaß. Wichtig ist es zu betonen, dass es um freie Kunst geht und nicht darum, ein perfektes Möbelhausbild zu kreieren. Mit meiner Kollegin habe ich das auf einfachen Keilrahmen mit Acrylfarben ausprobiert. Alle Teilnehmer dieser Gruppe waren begeistert und schauen sich die Bilder heute noch gerne an. Bei den Wachkomabetroffenen waren eine hohe Aufmerksamkeit und ein geringerer Muskeltonus zu beobachten. Einige fixierten sogar den Pinsel und folgten den Bewegungen der eigenen (geführten) Hand mit den Augen. Das gestaltete Bild sollte dann unbedingt zeitnah und im Blickfeld des betroffenen Menschen im Zimmer aufgehängt werden.

Die Vorbereitungszeit rausgerechnet sollte diese Aktivität mit der Geschichte gerne **fünfundzwanzig Minuten** dauern. Auch für sich selbst, können Sie ein Bild zeichnen oder kreieren. Die meisten Menschen antworten auf so einen Vorschlag mit: "Ich kann nicht malen." Aber denken Sie daran, dass es darum geht sich selbst kreativ zu betätigen und nicht darum neuerdings seinen Unterhalt zu verdienen. Versuchen Sie es und sehen Sie was daraus entsteht. Im Übrigen müssen Sie auch nicht Malen. Schnipsel zerreißen und aufkleben oder auch Stricken, Häkeln usw. ist schließlich auch kreativ.

Eine etwas aufwendigere Variante wäre eine (kleine) **Schnitzeljagd** für Menschen, die sich noch selbstständig fortbewegen können. In der Geschichte wird ein Schatz gesucht. Lassen Sie ihre Schützlinge/ Ihren Schützling auf die Suche gehen:
- in einem Becken /einer Wanne mit Erde, die durchgegraben werden muss,
- in einem Bett, in dem sich zusätzliche Decken befinden,
- im Schuhschrank, mit vielen Schuhkartons und einem "Schatzkarton" oder,
- bei einer großen Feierlichkeit in einer sozialen Einrichtung im ganzen Haus, mit Schatzkarte und in einem Team.

Die Geschichte kann vorgelesen und mit den Fragen weitergeführt werden: Was würdet ihr mit dem Schatz machen? Und wollen wir auch einen suchen? Bei uns bot sich als Schatz damals eine Anschaffung für alle (Gruppenraum) an, wie z. B. neue Spiele, ein größeres Spiel („Tischkicker") oder auch Süßigkeiten oder Kinogutscheine. Erfahrungsgemäß hängt der Zeitaufwand stark von der Gruppengröße ab. Ab zehn Personen sollten mindestens **35 Minuten** aufgewendet werden. In kleineren Gruppen oder wenn es nur eine/n Schatzsucher/in gibt, sind etwa **zwanzig Minuten** notwendig.

***

Die Lebenswelt schwerstmehrfachbetroffener Menschen ist oft zwangsweise beschränkt auf das eigene Zuhause oder die jeweilige Einrichtung. Und wenn dort auch Ausflüge angeboten werden, so gehen diese doch kaum über ein Kaffeetrinken oder einen Spaziergang im Park hinaus. Nicht weil die Betreuenden es nicht anders wollten, sondern weil ein einfacher Einkaufsbummel in der Stadt oft darin seine Begrenzung findet, dass die Läden nur über eine Treppe erreichbar sind oder die Ware so eng beieinander steht, dass ein Durchkommen vielleicht mit einem Aktivrollstuhl noch möglich ist, mit einem Pflegerollstuhl oder einem elektrischen aber sicher nicht. "Menschen mit Behinderung werden aufgrund geringer finanzieller Ressourcen als Adressaten für wirtschaftliches Handeln weniger intensiv wahrgenommen." (Kornherr 2008)[5] Schade, wenn man bedenkt, dass auch Menschen mit Behinderungen und Abweichungen der idealen Körperformen nicht nackt herumlaufen oder gefahren werden. Im Übrigen, wer stand noch nicht in einer Umkleidekabine und musste sich fragen, wer in so ein Kleidungsstück passen soll und sich gleichzeitig noch auf ansatzweise praktikable Weise bewegen können muss?

In der Einrichtung, in der ich gearbeitet habe, setzte ich mir deshalb gemeinsam mit meinem Team zum Ziel, alle Möglichkeiten auszuschöpfen, um unseren BewohnerInnen einen möglichst großen Ausschnitt ihrer Lebenswelt erlebbar zu machen. Stadionbesuche, Bummeln in riesigen Einkaufsmeilen und Kinobesuche sind inzwischen selbstverständlich geworden. Aber auch Freizeitparks (mit gehbehinderten Menschen in Rollstühlen!) und Weihnachtsmärkte auf mittelalterlichem Kopfsteinpflaster gehören zu unseren Ausflugszielen. Für mich bedeutet Lebenswelt, die Welt, die für das Individuum erlebbar und im wahrsten Sinne begreifbar ist. Dazu gehören Räume im eigenen Haus, die keine tägliche Bedeutung haben genauso wie die Begegnung mit Menschen ohne Betroffenheit, regionale Events und auch überregionale Ziele. Mit entsprechender Vorbereitung des betroffenen Menschen und einer geringeren Erwartungshaltung gilt hier manchmal einfach der Grundgedanke: Geht wahrscheinlich nicht, aber wir probieren es trotzdem! Hier wird dann auch klar, warum es der "betroffene Mensch" heißt. Bezieht sich "betroffen" dann auf die kognitive oder körperliche Einschränkung oder schlichtweg auf die baulichen, methodischen oder gesellschaftlichen Beschränkungen?

Zu der Geschichte **"Der Zirkus auf der grünen Wiese"** und **"Im Tierpark ist immer was los"** bietet sich ein Zirkusbesuch oder ein Tierpark-/Zoobesuch an. In den meisten Zirkuszelten ist es inzwischen möglich einen oder mehrere Rollstuhlfahrer so zu platzieren, dass sie sowohl sehen können, als auch die Notausgänge noch frei bleiben. Eventuelle Umbauaktionen und Diskussionen eingerechnet, sollte hierfür eine **Tagestour** eingeplant werden. Für wenige Menschen ist auch ein „Rollitaxi" als Transportmittel sehr empfehlenswert.

∗∗∗

Piratengeschichten hören wohl die meisten Menschen gerne. Trotz allem wird dabei meist an Kinder gedacht, die Geschichten von Piraten hören, die mit ihren Segelschiffen unter Kanonenfeuer andere Schiffe kapern und ihre Goldschätze vergraben. Ein Teammitglied fragte mich einmal, ob es auch heute noch Piraten gäbe. Daraus entstand die Geschichte **"Die Schifffahrt"**. Dazu bietet sich an, einen **thematischen Nachmittag/Abend** zum Thema Piraten, Schifffahrt u. ä. zu veranstalten. Das kann sowohl in der Gruppe als auch zu zweit sehr interessant werden. Denn warum sollten sich beispielsweise Wachkomabetroffene nicht für die neuesten Abwehrmethoden gegen Piraten auf teuren Luxusschiffen interessieren? Oder warum sollten Senioren im Pflegeheim nicht Lust haben, bei einer Internetsuchmaschine mal "Moderne Piraten" einzugeben? Weitere Gestaltungsmöglichkeiten sind:
- DVD-Abend mit Klassikern wie "Meuterei auf der Bounty", "Der Seewolf" (Achtung GEMA!) oder Dokumentationen über die Piratenbekämpfung der Moderne, Zeitaufwand ohne entsprechende Vorbereitung (kann ja sein, dass die/der Betreuende das auswendig

weiß) etwa **drei Stunden**.
- weitere Literatur, Zeitaufwand individuell.
- Erkundung und Untersuchung von eigenen Gegenstände auf Herstellungsland und mögliche Routen und Seewege mithilfe eines Globus, des Internets, eines Atlas (z.B. Pullover aus China, Lieblingsbuch aus Frankfurt, Kaffee aus Neuguinea usw. Wie könnte das hier gelandet sein?) Zeitaufwand **etwa 15 bis 60 Minuten**.
- Hafenrundfahrt, Schifffahrt (Achtung, vorher erfragen, ob die Schiffe barrierefrei sind s. Anregungen zu "Der Zirkus auf der grünen Wiese").

Insbesondere der thematische Abend kann zu Hause gut veranstaltet werden, indem auch Bekannte oder Freunde der Familie kommen. Das Gespräch wird dann oft lebhafter und alle Beteiligten profitieren von einem vielfältigen Austausch. Dazu ein leckeres gemeinsames (idealerweise geschmacks- oder geruchsstarkes) Essen wie Fisch und der Abend wird ein Beispiel für die Freude einer gelebten Inklusion.

***

Menschen gehen im Zimmer ein und aus. Eine Therapie reiht sich an die nächste, der Fernseher läuft, während das Radio des Mitbewohners auf der anderen Seite des Ganges zu hören ist und die Orientierung zu Raum und Zeit fällt ohnehin schon schwer. Viele Menschen mit Behinderungen, die in sozialen Einrichtungen leben, sind einer ganzen Reihe von Reizen ausgesetzt, die zwar teilweise notwendig und in der Regel gut gemeint sind, aber auch zu einem enormen Stresspegel führen können. Hier gilt es eine Phase der Ruhe außerhalb des normalen Schlaf- Rhythmus zu schaffen.

Zu der Geschichte "**Traumreise – Abschalten**" bietet sich ein Besuch im Snoezelraum an. Dazu lautet die Arbeitsdefinition der Deutschen Snoezelen-Stiftung :„**Snoezelen** ist eine ausgewogen gestaltete Räumlichkeit, in der durch harmonisch aufeinander abgestimmte multisensorische Reize Wohlbefinden und Selbstregulationsprozesse bei den Anwesenden ausgelöst werden. Durch die speziell auf die Nutzer hin orientierte Raumgestaltung werden sowohl therapeutische und pädagogische Interventionen als auch die Beziehung zwischen Anleiter und Nutzer gefördert." (Deutsche Snoezelen- Stiftung 2013) 6
Wenn Sie keinen Snoezelraum zur Verfügung haben, ist etwas Kreativität gefragt. Um eine entspannende aber nicht einschläfernde Atmosphäre zu schaffen, können Sie z.B. ein Musikstück (Klassik) abspielen, die Geschichte vorlesen und zum Abschluss wieder ein Stück abspielen. Diese Variante kann erweitert werden, indem Sie ein Kuscheltier o.ä. nehmen und den Hasen aus der Geschichte nachspielen.
Wenn Sie die Geschichte vorlesen und jemanden betreuen, der ihnen antworten kann, ist ein anschließendes Gespräch schön, über die Dinge die Sie und die betreffende Person

entspannen oder Sie fragen sie/ihn was sie/er gerne das nächste Mal dazu ausprobieren würde.

Ist es möglich das Zimmer des Menschen zu verdunkeln, können Sie auch mit einer Taschenlampe und einem Tuch oder einem Stück Transparentpapier interessante Effekte an die Decke zaubern. Allerdings ist hier Vorsicht vor Brandgefahr geboten.

Auch Kerzen in Kerzengläsern können eine entspannende Atmosphäre schaffen. Mit Duftkerzen sollte hierbei aber insbesondere bei Trachealkanülenträgern sehr sparsam umgegangen sein, weil die künstlichen Zusatzstoffe Reizungen auslösen können und der Geruchssinn ohnehin stark eingeschränkt ist.

***

Betreten Sie einmal ein imaginäres Pflegeheim für Menschen mit Behinderungen. Schauen Sie sich um und beobachten Sie was Sie sehen, hören und riechen können. Vielen Menschen fällt als erstes oft der Geruch nach Desinfektionsmitteln auf, andere sehen zunächst ein wohnlich gestaltetes Ambiente und wieder andere hören die BewohnerInnen, die reden oder lachen, husten oder im schlimmsten Fall schreien oder weinen. Sie sehen Möbel, die sich gleichen, strukturierende Farbgestaltung und Menschen, die es sehr eilig haben. Nun betreten Sie eine imaginäre Wohnsiedlung, in der in unserem Fall alle Menschen ihre Haustüren offen haben, damit Sie hineinschauen können. Was sehen, hören, riechen Sie nun? Vielleicht ein Essen,

das vorbereitet wird, ein Gang, der mit Legosteinen geflutet wurde und ein Hund der bellt.
Ein Tier? In der Wohnsiedlung ja, im Pflegeheim nein. Oder doch?
Haustiere sind für viele Menschen treue Freunde und stete Begleiter. Ich erlebe die Tiertherapie als eine, deren Hauptbestandteil ein Lebewesen ist, das den betroffenen Menschen so sieht wie er ist und nicht urteilt. Kaum ein Mensch kann das leisten. Doch wenn ein Mensch verunfallt oder so schwer pflegebedürftig wird, verliert er meist nicht nur einen großen Teil seiner Freiheiten und Fähigkeiten, sondern eben auch sein Haustier. In einigen Pflegeheimen ist man deshalb dazu übergegangen, Heimtiere zu halten. In sehr seltenen Fällen, können Bewohner ihre eigenen Tiere mitnehmen (s. auch die Geschichte "Die Katze" im dritten Teil des Buches).

Zu der Geschichte **"Der Papagei – der letzte Versuch"** bietet sich an:
- Versorgung der Heimtiere gemeinsam mit dem Betroffenen (Wachkomabetroffene können oft auch Futter in die Hände nehmen und es ausschütten oder auch ein Tier mit Fell streicheln)
- ein Besuch in einem Tierheim/ einer Zoohandlung
- (wenn das ohnehin geplant ist) Anschaffung eines Haustieres, das einen geringen Arbeitsaufwand hat, aber einen hohen Grad an Interesse wecken kann (z.B. ein Hamster, der in den Abendstunden, also

nach Therapieende, aktiv wird und beobachtet und gehört werden kann).

In den meisten Pflegeheimen und sozialen Einrichtungen von schwerstmehrfachbetroffenen BewohnerInnen kann die Pflege und Versorgung eigener Tiere nicht mehr selbst durchgeführt werden und müsste durch das Pflegepersonal erfolgen. Bei dem Arbeitspensum der meisten Pflegenden ist das unzumutbar. Aber oft gibt es Möglichkeiten trotz strenger hygienischer Richtlinien ein Tier "einzuladen". Fragen Sie in der Nachbarschaft, ob Sie sich nicht mal mit einem Tier irgendwo treffen können (selbstverständlich mit den Nachbarn). Ein Meerschweinchen ist schnell in eine Transportbox gepackt und selbst ein Vogelkäfig ist meist noch handlich. Wenn das Tier (mit Besitzer) nicht zu Ihnen kommen kann, kommen Sie zu ihm!

***

"Legt sich der Gesunde an einem freien Tag ins Bett, um so richtig auszuspannen, fühlt er sich nicht selten hinterher noch müder. (...) Der Drang zum Faulenzen wird sogar größer. Gehirnregionen, die für Wachheit und Antrieb verantwortlich sind, werden in der Horizontalen wenig aktiviert." (Pickenbrock 2011)[7]. Hier gibt es also nur eins zu sagen: Action! Laien und unerfahrene Betreuende gehen oft grundsätzlich davon aus, dass Schwerstmehrfachbetroffene wie ein rohes Ei zu behandeln sind. Doch das stimmt nicht!

Unabhängig vom Grad der Behinderung ödet es jeden irgendwann an, den stetig gleichen Alltag zu erleben. Selbst Menschen, die großen Wert auf Vorhersehbarkeit und Struktur legen, freuen sich auch über (angekündigte) Abweichungen vom normalen Geschehen.
Jeden Tag schiebe ich Menschen in Rollstühlen von einem Ort zum nächsten, achte dabei zum Schutz für Mensch und Material auf Kanten, Stufen, Kurven und Geschwindigkeit. Eines Tages fiel mir ein völlig gelangweilter Blick eines Wachkomabetroffenen auf. Aus einer Intuition heraus, fing ich an, Kurven schneller zu durchfahren, abzubremsen, zu beschleunigen und all das wie ein Sportmoderator zu kommentieren. Ich blieb stehen, stellte mich vor ihn und fragte, wie die Fahrt gewesen sei. Und die zwei hellwachen Augen schienen zu fragen: "Wieso, war das jetzt etwa schon alles?" Manchmal wird in der Therapie und auch im Alltag der absolut vigilanzfördernde Faktor der Aufregung unterschätzt (Vigilanz ist die Aufmerksamkeit bzw. Aufmerksamkeitsspanne). Natürlich sollte so etwas immer individuell abgestimmt werden und auch an das Krankheitsbild und die Tagesform angepasst sein, aber der Kreativität sind hier keine Grenzen gesetzt.

Zu der Geschichte **"Die Pferderennbahn Schnellstart"** bietet sich an:
- in einer sozialen Einrichtung ein „**Rollirennen**",
- zu Hause ein Rennen mit Freunden, Geschwistern, Nachbarskindern auf einem Dreirad oder Fahrrad

- **Wettbewerbsspiele**

Sie bereiten den zu Betreuenden darauf vor, dass diese Einheit etwas spektakulärer wird und erklären was Sie vorhaben. Zum Beispiel bilden Sie eine Gruppe (von Betroffenen, Nachbarn, Freunden oder welcher Art auch immer die Gruppe sein mag) und lesen die Geschichte. Anschließend können Sie ein kleines Rennen veranstalten. Dieses "Event" sollte gute **20 bis 30 Minuten** in Anspruch nehmen. Die Vorbereitung und auch eine gewisse Nachbereitung sind hier sehr wichtig. Der schwerstmehrfachbetroffene Mensch sollte langsam an solche Aktionen gewöhnt werden und im Anschluss unter Beobachtung stehen (falls Aufregung oder körperliche Belastung zu Erbrechen o. ä. führt).

Eine weitere Möglichkeit bieten Wettbewerbsspiele. Sie können z. B. auch am Therapietisch des Rollstuhls kleine Rennen stattfinden lassen. Lassen Sie Figuren (Schachsteine o. ä.) auf dem Tisch rutschen und begleiten Sie dies mit Kommentaren zu der Strecke, die zurückgelegt wurde. Ebenso können Sie je nach Fähigkeit den Menschen mit Behinderung selbst die Figuren schieben lassen. Diese Spiele können **10 bis 60 Minuten** dauern und brauchen kaum eine Vorbereitung von Seiten des Betreuenden.

***

Alle müssen mitmachen. Egal, ob er oder sie das kann oder davon profitiert. Und wir schreiben es uns auf die Fahne. Ein Wort entwickelt sich zum Unwort, weil kaum noch zwei Menschen die gleiche Auffassung davon haben.

Eine pädagogische Erfindung, die Laien nur ungläubig lächeln lässt, die Grenze zwischen Vision und Irrsinn in schleierhaften Nebel legt und das Fachpersonal an den Rand des Wahnsinns führt – Inklusion. Hier geht es nicht um das Lüften des Schleiers oder die Klärung dessen was darunter liegt. Nur so viel: "Inklusion begreift `Behinderung´ als normale Spielart des menschlichen Daseins und fordert die regelhafte Teilhabe in allen gesellschaftlichen Lebensbereichen. Sie verabschiedet sich damit von einer ´Zwei – Gruppen – Theorie´ der Menschen mit und ohne Behinderung." (Kornherr 2008) 8 Eigentlich ist Inklusion ganz leicht. Jeder akzeptiert und toleriert jeden so wie er oder sie ist. Kein Urteil, dafür Wertschätzung. Nicht jedes Handeln muss deswegen gleich gutgeheißen werden, aber jeder Interaktion sollte eine Offenheit und Wertschätzung vorangehen.

Zu der Geschichte **"Der Weg zum Strand"** bietet sich an:
- Diskussionsrunde (z.B. innerhalb eines Kollegenkreises, mit Betroffenen oder ohne, mit Freunden, Nachbarn und Gemeinden)
- ein Strandspaziergang an einem „Rollistrand" oder solchen mit Bootssteg (Infos dazu sicher in der jeweiligen Kurverwaltung)
- ein weiterer Flash Mob
- „Tag der offenen Tür" zum Thema Inklusion oder auch Stadtgestaltung in einer sozialen Einrichtung
- Netzwerkarbeit mit anderen sozialen Einrichtungen, denn gemeinsam schaffen wir mehr.

***

Die Pflege eines Menschen stellt oft eine Herausforderung für beide Seiten dar. Der Betroffene muss oft Verletzungen der Intimsphäre erleiden, der Betreuende muss eine körperliche und seelische Höchstleistung vollbringen. "Angehörige von Schädel - Hirn - Verletzten befinden sich von einem Tag auf den anderen in einer außergewöhnlichen Lebenssituation." (Kühlmeyer 2011) 9 Doch trotz der fachlichen Ausbildung kommen auch Pflegekräfte und Therapeuten manchmal an ihre Grenzen. Zwischen Terminplanung, Arzt- und Therapiebesuchen, Alltag, Arbeit und emotionalem Stress fehlt manchmal eine Phase der Entspannung und eines gemeinsamen Momentes, der bestimmt ist von der Gemeinsamkeit und nicht von Zeitdruck, Prophylaxen und Grundbedürfnisbefriedigung.

Zu der Geschichte **"Ein Spaziergang im Wald"** bietet sich
- ein **Waldspaziergang** an oder
- Aufschreiben und Erzählen von **eigenen Wünschen.**

Natürlich ist der Aufwand einen schwerstmehrfachbetroffenen Menschen erst anzuziehen, dann zu mobilisieren, dann wetterfest anzuziehen und dann rauszugehen (mit der Option das gesamte Prozedere auch nochmal rückwärts zu erledigen) nicht innerhalb einer gewöhnlichen Therapieeinheit zu bewältigen. Aber mit etwas Vorbereitungszeit und Planung sollte auch das mal gehen.

Die Geschichte könnte vorgelesen werden, wenn der zu Betreuende schon angezogen und mobilisiert ist. Anschließend geht es auf "Waldentdeckung". Meiner Erfahrung nach haben viele, insbesondere wachkomatöse Menschen eine "Hinwendung nach oben". Ein Blätterdach kann also sehr anregend sein.
Natürlich ist auch möglich, zuerst einen Waldspaziergang zu machen, dabei anzuhalten, kurz zu ruhen, zu riechen, die Geschichte zu lesen und dann weiterzugehen. Denn dann können Parallelen gefunden werden und die Geschichte wird möglicherweise näher oder realer erlebt.
Mit Menschen, die einen adäquaten Ja-/Nein- Code anwenden, oder reden und schreiben können, kann auch (endlich mal von der Erzieherin vorgeschlagen) biografisch gearbeitet werden. Was würdest du dir wünschen? Wie stellst du dir ein Zauberwesen vor? usw. Der Waldspaziergang sollte um für alle Beteiligten einen positiven Effekt zu haben **20 Minuten** nicht unterschreiten. Die Auflistung der Wünsche sollte ebenfalls diesen zeitlichen Rahmen bekommen.

***

Für viele Menschen hat ein Garten eine besondere Bedeutung. Er ist Rückzugs- und Erholungsort, Möglichkeit die eigene Kreativität auszuleben, Treffpunkt für Freunde oder auch eine Garantie zumindest von einem Bruchteil unserer Nahrung zu wissen, woher sie kommt und was drin steckt. Auch Menschen, die erkrankt sind oder durch einen Unfall Behinderungen erleiden mussten, haben oft Interesse an

Gärten, weil sie entweder selbst einen hatten oder aber einfach nur Freude daran haben.

Zu der Geschichte **"Der Garten"** bietet sich an:
- **Anlegen** eines Gartens/ Kräuterbeet, evtl. im Blumentopf
- Besuch eines **Schrebergartens**

Gemeinsam kann der Garten der vorhanden ist gepflegt oder umgestaltet werden oder ein kleiner "Garten" angelegt werden. Dazu sollte der Betroffene so viel wie möglich einbezogen werden. Auch Diskussionen sind erlaubt. Farben, Blumen, Formen u. ä. können gemeinsam entschieden und gewählt werden. Hier bietet sich natürlich auch wieder eine "Sensieinheit" an. Erde, Laub, Rasen, der Holzspaten und sonstige Materialien können gefühlt und gerochen werden. Meine Kollegen und ich ernteten auch durchaus mal angewiderte Blicke von wachkomatösen Bewohnern auf die Frage, ob man Spargel einpflanzen solle. Wichtig hierbei ist je nach Betroffenheit das selektive Reizangebot. Einige unserer Bewohner waren zunächst damit beschäftigt, alle Geräusche zu hören und zuzuordnen, bevor sie die Aufmerksamkeit der tatsächlichen Gartenarbeit widmen konnten. Andere hatten kaum eine Schaufel in der Hand und schon das halbe Beet umgegraben.
Und auch wo kein Garten vorhanden ist und auch keiner angelegt werden soll, sind Begleitaktivitäten zu der Geschichte möglich. Lust mal wieder ein altes Schulprojekt

auszugraben? Fast alle Eltern hatten einmal Bohnen und Kressesetzlinge ihrer Schützlinge für den Biounterricht auf der Fensterbank. Vielleicht etwas Laub oder Sand hinzu, und schon ist ein kleiner Garten fertig. Das ist natürlich auch allein möglich. Wer gerne kocht, pflanzt vielleicht gleich ein paar Kräuter. Wem auch das keine Freude macht, kann auch mal einen schönen Park oder einen Schrebergarten besuchen. Nur einmal vorher fragen, ob dieser öffentlich ist. Für die Gartenarbeit kann gerne **1 Stunde** angesetzt werden, für das Anlegen eines kleinen Gartens reichen **30 Minuten** und der Spaziergang (ohne Anziehen) sollte **20 Minuten** dauern.

***

Kopfsteinpflaster, enge Gassen, hunderte Menschen – ein Albtraum für Menschen in Rollstühlen. Und doch eine lohnende Herausforderung, wenn man sich für Trödel, Antikes und allerlei Buntes interessiert. Schnäppchenjäger sind überall, unabhängig von ihrer Mobilität oder ihren Fähigkeiten. Deswegen, liebe Veranstalter, sorgt für eine Fahrbahn für alle! Spaß haben wollen an Flohmärkten ja grundsätzlich auch alle. Und glücklicherweise haben auch Menschen mit Behinderungen Geld, das den Besitzer wechseln möchte. Wer also eine so große Gruppe Menschen vom bunten Treiben aus baulichen und organisatorischen Gründen ausschließt, der verdient nach dem Auftauchen aus einer geheimen Zwischenwelt leere Taschen!

Zu den Geschichten **"Auf dem Flohmarkt"** und **"Die Kofferversteigerung"** bieten sich an:
- **Besuch** eines Flohmarktes
- **Veranstaltung** eines Flohmarkts
- Biografiearbeit: Malen, Basteln, Zeigen, Erzählen der besten Funde
- Tauschflohmarkt

Der Besuch eines Flohmarktes ist offensichtlich. Leider musste ich selbst erfahren, dass viele Flohmärkte zwar mit viel Anstrengung und logistischem Aufwand befahrbar sind, aber aufgrund dieser Umstände wohl weniger effektiv oder angenehm für alle Beteiligten sind. Deswegen habe ich, frei nach dem Motto: "Wir können nicht zu euch, dann kommt ihr zu uns", angefangen eigene Flohmärkte in der Einrichtung zu organisieren. Mit Erfolg für alle Beteiligten. (Und dem zusätzlichen Erfolg, dass sich meine Bewohner auch gerne in der Rolle der Gastgeber erlebt haben.) Die Organisation ist etwas komplex, aber auch kein Hexenwerk. Wichtig sind eine genaue Planung der Standaufstellung, des zeitlichen Ablaufes, der Bereitstellung eines Organisators und die Werbung. Ich empfehle die Standgebühr gering zu halten, wenn Sie sich nicht sicher sind, wie gut der Flohmarkt angenommen wird. Rechtzeitige Anmeldungen verringern den Stressfaktor enorm und viel Werbung (z.B. über Flyer) sichern die Kaufkraft und letztlich den Erfolg. Von thematischen Flohmärkten rate ich ab. Mit auf den Flyer gehört auf jeden Fall der Veranstalter mit einer kurzen inhaltlichen Beschreibung, ggf. den Verwendungszweck der Einnahmen und die Ankündigung eines Kuchenbuffets. Von Spenden in Form von Kuchen, Waffelteig u.ä. rate ich auch dringend aus hygienischen Gründen ab. Standgebühren sollten die Einrichtung unterstützen, die Gewinne aber bleiben den Verkäufern. Hier ist ein **Tageseinsatz** erforderlich, plus eine Vorbereitungszeit von etwa 3 Stunden. Schöner Nebeneffekt ist die Öffnung der Einrichtung und eine Aktivität von Menschen mit und ohne Behinderung nebeneinander. Das gleiche Prinzip gilt auch für Straßenflohmärkte. (Aber Achtung, die meisten müssen angemeldet werden.)

Die Biografiearbeit stellt eine deutlich weniger zeitaufwendigere Variante dar, die aber auch sehr viel Spaß machen kann. Bereiten Sie Bastelmaterial und möglichst viele verschieden Zeitschriften und Kataloge vor und erklären Sie, dass ein Bild entstehen soll, das die besten Flohmarktfunde zeigt. Erst danach als Abschluss sollte die Geschichte vorgelesen werden. (Sonst könnte die Geschichte schon die Fantasie der Künstler in eine Richtung lenken.) Hierfür braucht man etwa **30 Minuten**, in der Gruppe länger.

Insbesondere die Kofferversteigerung lädt aber zu einer besonderen Art des Flohmarktes ein. Ich nenne es den Tauschflohmarkt. Ob in der Einrichtung, zu Hause mit Nachbarn oder unter Freunden spielt dabei keine Rolle. Es geht darum, einige Teile aus dem eigenen Bestand im direkten Kontakt mit anderen gegen Gegenstände eines anderen zu tauschen. Hier ist Geld nicht erwünscht und zugelassen und auch der Faktor des Brauchens fällt hier völlig weg. Diese Aktion dient ausschließlich dem Spaß. Suchen

Sie los, packen Sie es ein und dann tauschen Sie was die anderen hergeben!

***

Wenn Sie es bis hierher geschafft haben, sind Sie äußerst tapfer. Deswegen gibt es zu der letzten Geschichte **"Ruhm und Wahnsinn"** unseres ersten Teils keine weiteren Ideen, mit denen Sie eine Aktivität umsetzen können. Hier möchte ich Ihnen nur zwei Dinge mit auf den Weg geben. Eine Frage und eine Wahrheit.
Frage: Warum sollten Pflegeheimbewohner ein Buch veröffentlichen?
Als Sie das Cover sahen, dachten Sie vielleicht: "Oje!" und als Sie die ersten Geschichten gelesen hatten, meinten Sie vielleicht: "Also inhaltlich ist das so nicht korrekt!" und als Sie die Ideen durchgingen, hatten Sie vielleicht im Kopf: "Also darauf wär ich auch selbst gekommen!" Aber vielleicht haben Sie jetzt auch ein Lächeln auf dem Gesicht und sagen laut: "Das war mal was ganz anderes! Das war gut! Ich habe viel lachen und viel daraus mitnehmen können! Das Buch ist fantastisch! Wann erscheint Band 2?" Wenn Sie nichts dergleichen denken und womöglich nicht mal lächeln, fangen Sie nochmal von vorne an. Machen Sie das so lange, bis es klappt.
Eines hat dieses Buch aber sicher mit Ihnen gemacht. Es hat sich eingeschlichen in Ihre Gehirnwindungen und es bleibt

dort. Sie werden den Wortlaut vergessen, aber Sie werden die Botschaft bekommen haben. Formulieren Sie doch mal aus Spaß den Kern des Buches oder den Grund, warum jemand all das hier schreibt. Während Sie darüber nachdenken verrate ich Ihnen die Antwort auf die Frage. Warum denn auch nicht? Gut es ist genaugenommen eine Gegenfrage, aber die Antwort steckt ja drin. Bewohner eines Pflegeheimes veröffentlichen aus denselben Gründen ein Buch, aus denen auch Bewohner von Häusern, Wohnungen, Zelten, Brücken usw. Bücher veröffentlichen. Sie haben etwas zu erzählen.

Und haben Sie nun den Kern formuliert? Die Botschaft rausgezogen? Genau! Menschen mit Behinderungen sind Menschen mit. Mit Kreativität, mit Lebensfreude, mit Emotionen, mit allem, was Menschen so haben. Sie sind mehr als nur behindert.

Die Wahrheit: Die Wahrheit über das Vermögen, welches das Team "Wechsel Perspektive" zweifellos mit dem Verkauf dieses Buches erhalten wird. Die Frage nach dem Verbleib des Vermögens beantwortete mein Team mit: Ich kaufe mir neue Hilfsmittel. Die meisten unter Ihnen werden tagtäglich auf Grenzen der Finanzierbarkeit einer menschenwürdigen und unterstützenden Versorgung stoßen. Der Wunsch nach ausgefalleneren Hilfsmitteln, die nicht nur auf die Behinderung hinweisen, sondern durchaus auch ein modisches Statement sein können, ist nicht zu unterschätzen.

Aber um es kurz zu machen. Der Gewinn geht an jedes einzelne Mitglied. Und was sie oder er tatsächlich damit macht, ist ihre und seine Sache. Wir legen Wert darauf, dass unser verdientes Geld in unsere verdienenden Hände kommt, so wie das bei Autoren im Allgemeinen der Fall ist.

Der verlorene Wecker
Auszug aus einem Gespräch im Gruppenraum

Wo ist er hin?
Ist beim Umzug in ein anderes Zimmer verschütt gegangen.
Wurde nicht gestohlen.
Wurde er denn schon überall gesucht?
Der Besitzer sagt "Ja".
Die Pflegerin hat geholfen. Sie weiß es. Aber wo ist nun sie?
Wie wird man denn jetzt morgens wach?
Der Besitzer hat noch einen anderen Wecker, einen silberfarbenen. Der vermisste ist schwarz. Also der schwarze ist weg. Hat sich verdünnisiert.
Ja.
An den hatte sich der Besitzer doch aber gewöhnt. Da fällt ihm ein, er sitzt hier und seine Freundin wartet auf ihn.
Aber die Sonne scheint so schön.
Doch der Wecker ist immer noch verschwunden.
Kommt er etwa von allein angekrochen? Nein.
Man müsste weitersuchen.
Und dann sagt der Freund: "Warte kurz, dann helf´ ich dir."

Für Sandra
Das Gefühl eines Freundes

Es war einmal eine Frau, auf die konnte man sich verlassen, wenn man irgendwas vorhatte, weil sie sofort da war und immer zugesagt hat. Und plötzlich veränderte sie sich. Jetzt sagt sie öfters Nein. Denn sie hat gute und schlechte Tage. Und in letzter Zeit hatte sie mehr schlechte. Ihr Gemütszustand ist wandelbar.
Vielleicht gehen ihr eigene Gedanken durch den Kopf. Jeder Mensch hat eigene Gedanken. Solange sie nicht über ihre Probleme spricht, muss ich mich hinten anstellen und warten. Aber ob sie je darüber spricht, weiß keiner. Das macht mich traurig und wütend, weil ich ihr nicht helfen kann. Vielleicht braucht sie mehr Zeit. Und sie möchte ihre Ruhe haben.
Die Frau lebt in einem Pflegeheim. Ich stelle mir vor, dass sich ihr Zustand nicht mehr verbessert. Das könnte sie so verändert haben. Insbesondere wenn alles so schnell ging. Sie konnte früher noch laufen und jetzt nicht mehr, alles innerhalb eines Jahres. Das ist sehr deprimierend. Das ist für jeden Menschen deprimierend. Langsam beginne ich sie zu verstehen. Das macht jeder in der Lage.
Ich möchte sie aufmuntern und weiß nicht was ich tun sollte und möchte. Doch ich vermute, dass auch sie Angst hat, Menschen deswegen zu verlieren. Darum gehe ich jetzt zu ihr und sage ihr:

Wir sind Freunde. Wir sind außerhalb und innerhalb des Pflegeheims Freunde.

Das Wiedersehen

Miri war schon lange in der Pflege. Ich kannte sie schon aus einer früheren Pflegeeinrichtung vom Sehen. Sie hat einen bleibenden Eindruck gemacht, weil sie in einem Wohnstift gearbeitet hat, wie sich später herausstellte. Das ist ein Krankenhauskomplex in mehreren Häusern. Ich habe dort als Maurer gearbeitet und eins der Gebäude für Schwestern und Ärzte gebaut. Aber das ist schon lange her. Vor vielen Jahren kam ich in ein Pflegeheim, durch einen schweren Unfall. Hier fühle ich mich wohl, weil ich gut betreut werde und wegen des guten Essens.
Ich war erstaunt, dass auch Miri in meinem Pflegeheim arbeitete. So hatten wir ein gemeinsames Gesprächsthema über alte Zeiten und wo wir gearbeitet haben. Da erzählte ich ihr auch, dass ich mal eine verchromte Wascharmatur mit Schwenkhahn gefunden habe. Aber das ist nur für manche Leute kreativ. Wie sie das fand, weiß ich nicht.
Und zu meinem Glück wurde sie meine Bezugspflege. Meine vierte. Ich hab Verschleiß. Diese Pflegerin setzt sich immer für die Leute ein. Nach einiger Zeit erzählte sie, dass sie schwanger sei. Alle freuten sich für sie. Deshalb musste sie aber auch in Mutterschaftsurlaub gehen. Das dauerte eine Zeit lang.

Heute Morgen aber fuhr ich über den Gang und plötzlich – sah ich sie! Sie ist zurück! Das finde ich sehr gut und freue mich darüber. Ich wünsche ihr viel Glück, Gesundheit und langes Durchhalten.

Die Katze

Ich habe eine Katze, die Frauen liebt. Jedes Mal wenn eine Pflegerin zu mir kommt, lässt sie sich streicheln. Männer mag sie nicht so gerne. Dann kann es passieren, dass sie faucht. Ich war gerade mit ihr beim Tierarzt. Dort ist sie gechipt worden. Sie hat ordentlich geschrien, weil sie Angst hatte. Im Pflegeheim besucht sie gerne meine Nachbarin. Sie mag die Vögel, die sie auf dem Balkon hat. Sie hat sie zum Fressen gern.
Sie ist ein guter Kamerad für mich. Wenn ich traurig bin, dann hört sie zu. Ich habe ein Lebewesen, für das ich sorgen kann.
Bin die Einzige mit einem Haustier hier. Das ist traurig. Aber Haustiere sind sehr aufwendig. Viele Bewohner müssen sich von ihrem Haustier trennen. Das Tier wird in guten Gedanken behalten. Mehr haben sie ja nicht.
Und manche Tiere sterben bei dem Unfall, der ihre Besitzer hierher gebracht hat.

Danke!

Vielen lieben Dank an unsere Helferinnen und Helfer bei der Umsetzung unserer Idee.
Als erstes danke ich meinem Team von Wechsel Perspektive für Euren Mut und Euer Durchhaltevermögen. Ohne Euch ist all das nicht möglich. Ihr seid wichtig und wertvoll. Lasst Euch niemals etwas anderes einreden!
Großer Dank gilt auch Anna - Maria Talamo. Danke, dass Du mit Deinen Bildern unsere Arbeit unterstützt hast und uns eine Inspiration warst.
Ebenso danke ich Timo Kreft, der sich mitsamt Zeit und Equipment der kreativen Gestaltung einer professionellen Umgebung gewidmet hat. Danke kleiner Bruder!
Und ich danke in besonderem Maße Heike Kreft, die sich in vielen Stunden Texte immer und immer wieder vorlesen lassen musste und geduldig unterstützte.
Vielen Dank auch den anderen lieben Menschen die uns und mich in dieser Zeit umgaben, zuhörten, Rat gaben, Krisen vor und mit dem PC abwendeten und geduldig an das Projekt glaubten. Dank hierfür an Torben Marszynski.
Und zum Schluss ein besonderer Dank dem Haus Seeblick, liebevoll "Schlösschen" genannt, zum einen, aufgrund des Äußeren, vor allem aber weil es ein Ort ist, an dem gelegentlich ein Märchen wahr werden darf. Ich hatte eine wunderbare Zeit liebes, bestes Team der Welt! Untrennbar mit dem Haus Seeblick verbunden sind unsere Lektorinnen Frau Lehnert und Frau Höppner, die uns auf unserem Weg

zur Veröffentlichung zuversichtlich begleiteten.

Wir danken für die Genehmigung des Buches durch das Pflegeheim Haus Seeblick, Mölln GmbH und den gesetzlichen Betreuerinnen der Autoren von Wechsel Perspektive.

Stina Kreft
für Wechsel Perspektive

Covergestaltung: Stina Kreft
Bearbeitung : Stina Kreft
Lektorat: Leitung Haus Seeblick, Britta Lehnert, Pia – Lin Höppner

Quellenangaben

1 Nydahl, Peter: Wachkoma, Betreuung, Pflege und Förderung eines Menschen im Wachkoma, Urban&Fischer Verlag, München, 2011, S. 50
2 Nydahl, Peter: Wachkoma, Betreuung, Pflege und Förderung eines Menschen im Wachkoma, Urban&Fischer Verlag, München, 2011, S. 50
3 Huizinga, J.: Spiel. In: Krenz, Armin (Hrsg.): Psychologie für Erzieherinnen und Erzieher. Grundlagen für die Praxis, Cornelsen Verlag, Berlin, 2007, S.214
4 Bienstein, Fröhlich. In: Nydahl, Peter: Wachkoma , Betreuung, Pflege und Förderung eines Menschen im Wachkoma, Urban&Fischer Verlag, München, 2011, S. 56f.
5 Kornherr, Stefan: Inklusion als Utopie in der Offenen Behindertenarbeit. Wandel von Integration zu Inklusion als Aufgabe des Sozialmanagements, Books on Demand, Norderstedt, 2008, S.25
6 http://www.snoezelen-stiftung.de/definition.html. Stand: 09.10.13
7 Pickenbrock, Heidrun: Physiotherapie nach Bobath. In: Nydahl, Peter (Hrsg.): Wachkoma , Betreuung, Pflege und Förderung eines Menschen im Wachkoma, Urban&Fischer Verlag, München, 2011, S. 148
8 Kornherr, Stefan: Inklusion als Utopie in der Offenen Behindertenarbeit. Wandel von Integration zu Inklusion als Aufgabe des Sozialmanagements, Books on Demand, Norderstedt, 2008, S. 22
9 Kühlmeyer, Katja: Leben mit Wachkoma – Patienten. Was berichten

Angehörige? In: Jox, R., Kühlmeyer, K., Borasio, G.: Leben im Koma. Interdisziplinäre Perspektiven auf das Problem des Wachkomas, Kohlhammer Verlag, Stuttgart, 2011, S.60